U0032861

那無一不是毫無隱藏的肺腑之言，
甚至是超乎自己有限經歷之外的生命故事。

——吳念真

念念時光真味

吳念真—著

自序
最平凡的永遠最眞實

記得有個古老的傳言是這樣說的，說早年有人綁架了小孩，如果無法確定肉票行情的話，通常在勒贖之前會先蒸一條魚給孩子配飯當試探。

孩子先動筷子的部位要是魚肉比較厚實的魚背，那綁匪大概就要虧了，因爲這孩子要不出身貧寒，最多也不過是平常人家的子弟。

如果那小孩最先挾的是魚肚，甚或只挑魚頭頰部那一丁點嫩肉的話，綁匪可就樂了，因爲這孩子肯定來自有錢人家！

有個朋友甚至還曾經說過一個更誇張的故事，說他祖輩的族人家道中落之前，只要桃子的產季一到，傭人就得先做好一些麻糬備用，然而這些麻糬可不是拿來吃的，而是孩子們要吃桃子之前用來沾掉桃子上的細毛，以免傷腸胃的「工具」而已！

這些傳說和故事的結論其實只有一個，就是：富過三代，方知衣食。或許身邊「富過三代」的朋友不多，因此談到難忘的「美食」無非就是故鄉小吃或家常飯菜，因此每回說到最後，對鄉情、鄉愁、親人、舊友的緬懷和思念，好像比食物本身的氣味和滋味都來得濃烈、來得多。記得多年前也是這樣的冬天，陰雨連綿，和朋友們說起九份山區老家的印象，說那裡的冬季經常白霧瀰漫，有時甚至五尺之外的景物就無法分辨。說霧裡經常有遠處送葬的嗩吶聲隱約的哀傷。

說屋裡的溼氣，石頭牆壁泛著水光，泥巴地面黏到連木屐都穿不住，說寒假的雨天孩子們無處可去，十坪不到的屋子塞滿七、八個從兩歲到十二歲幾乎無法控管的幼獸，每當媽媽和姑媽都瀕臨崩潰邊緣的時候，經常會冒出一句話：「我們晚上煎『蕃薯粿』！」

然後這群小孩就會一哄而散，開心地各司其職，選蕃薯的選蕃薯，削蕃薯的削蕃薯，大一點的孩子則穿起雨衣跑出去砍筆筒樹，於是屋裡至少就會有兩小時以上的安寧……

「幹嘛砍筆筒樹？」

「做磨板把蕃薯磨成泥啊！」

「磨板跟筆筒樹有什麼關係？」

「筆筒樹的葉梗有堅硬、密集的刺啊！」

……

最後發現，我甚至必須動用圖解的方式，讓他們搞懂「筆筒樹磨板」製作過程的時間往往比蕃薯粿如何煎煮還要來得長，而且朋友們對當時礦村生活的情景以及孩子們後來一個個的去處和發展的好奇和興致，好像也比蕃薯粿本身熱切得多。然後許多人似乎也感觸良多地紛紛說起自己難忘的食物、過往的生活，以及遺忘已久的親人、舊友。

「為什麼不寫下來呢？」他們說：「至少可以提醒我們也有自己的時光和生活啊！儘管和你的不同。」

這句話似乎就是寫下這些文字的最大動力。

因爲始終相信這世間每個人的人生必然都是一本書，都是累積歷史和文化的一部分，因爲最平凡的永遠最眞實。

三餐飯菜尋常過，但特別記得的必然伴隨著難忘的人物、難得的時光、難捨的情誼或情義，如果沒有這些，即便是米其林星級的「美食」，對許多人來說可能也都只是一場應酬、交際，或者裝神弄鬼、虛無矯飾的印象而已。

而這本集子寫的就是這些：平凡的飯菜、特別的際遇。

謝謝《今周刊》給我的專欄，若非有時間限制和壓力，這些記憶大概永遠無法變成文字。

謝謝圓神出版社的賴眞眞小姐和編輯們，是你們不斷的鼓勵讓我在專欄結束的三年之後，才敢讓這些文字和大家見面。

而最要感謝的是文字裡被我提及的所有人，每一個你對我來說，都是可以重複閱讀、重複回味的一本書，是你們豐富了我貧乏的人生。感激。鞠躬。

辣

第一部

和著眼淚的思念

苦

第二部

黯淡燈光下的一桌愁容

酸

第三部

初見這
新奇的世界

甜

第四部

尋味人生 眞情誼

辣

第一部

和著眼淚的思念

那一碗苦甜什錦麵

父親沒帶我去看醫生，而是帶我去麵攤，叫了兩碗什錦麵。我看著他，心裡想：有錢嗎？父親好像看懂我的意思，低聲說：「要死，也要先吃一頓飽。」

大概是遺傳了媽媽的基因吧，過了五十五歲之後，我也開始慢慢失去嗅覺，一如她當年。

沒嗅覺，不說旁人不知道，唯獨自己清楚，身體接受「感覺」的某一根天線已經硬生生地被折斷。

從此，你聞不到夏天西北雨剛落時，空氣裡濃烈的泥土氣味，聞不到草地剛割的清新，當然更聞不到夏秋交替時，涼風裡那種隱約的哀愁。

沒嗅覺，最大的失落在於日常吃喝，因爲色、香、味少了中間那個重要的樞紐。

比如青蔥與韭黃、菠菜和芥藍，各自的氣味不一樣，可是入口之後對我來說卻沒什麼不同，唯一的感覺是老或嫩、鹹或淡。喝茶、喝咖啡也只成了單純的提神需求或習慣，因爲無論平價或極品，喝進嘴裡都只剩下熱或涼，苦或甘。

有人說，生理上哪一部分有缺陷，另一部分的功能就會自動補強，比如失明的人聽覺就特別敏銳（想起一部日本老電影《盲劍客》），或者鼻子特別靈（又想起另一部電影，艾爾帕西諾的《女人香》）。

累積幾年「失聞」的經驗，發現上帝眞的公平，拿走你身上某一部分功能的同時，眞的會補上另一部分給你。

一碗「照起工」的什錦麵

沒了嗅覺之後，祂補償我的是「記憶」，祂讓我從過往某些情境裡去拼湊或還原食物原有、應有的氣味和感覺。舉個例，說說大家都熟悉的什錦麵。

人生對什錦麵的第一個印象，是五十幾年前，九份昇平戲院旁邊的老麵攤。那時候九份正繁盛，村子裡的礦工們三不五時會相約去那兒稍作「解放」。

父親和他的朋友們習慣看完電影之後在隔壁的麵攤吃碗什錦麵，然後續攤去小酒家喝酒尋樂。

麵攤樸素、雅氣，沒招牌，不過好像也多餘，因爲終年冒著白煙和香氣的高湯鍋，加上掛在「見本櫥」上頭那把白綠分明的青蔥，讓人一聞、一看就難忍飢餓。

老麵攤的什錦麵很有名，因爲「照起工」。

老闆是這樣煮的：厚切豬肉、豬肝各兩片，魚板一片，蝦子兩隻，蝦殼下鍋前才現剝，不過保留尾巴最後一截的殼。油熱之後落蔥段爆香，下作料快速翻炒幾下即澆入熱騰騰的大骨高湯。

湯稍滾就把作料撈起，放一旁讓餘熱逼熟，接著下油麵和豆芽，湯滾調味試鹹淡，麵、湯盛碗之後才把原先撈起的作料細心地擺在上頭。

現在想起來，上桌的什錦麵根本就是個藝術創作。

淡黃的油麵上依序擺著白色的肉片、帶花的魚板以及顏色厚重的豬肝，旁邊是身體淡紅而殼和尾巴呈現深紅色的蝦，淡綠的蔥段則在麵裡怯怯地冒出頭來當點綴。

冒煙的大碗旁擱上一個土色的小碟子，裡頭裝的是蘸作料的醬油膏。

老闆一聲「趁燒」之後大家開始吃，先喝湯，一片嘖嘖聲，或許是湯頭鮮又燙，更有可能是讚嘆。然後一口作料兩口麵，除了咻咻的吸麵聲之外沒有人交談，整個畫面有如一種儀式，那頭師傅煮得虔敬，這邊客人吃得感恩。

父親是業餘的「總鋪師」，極挑嘴，聽他說才知道那些細節都有必要，比如豬肉、豬肝一定要厚切，才不會一下鍋就老。蝦子留尾巴「色水」才好看。配菜只用豆芽是因爲它有口感而沒雜色、沒雜味，不欺不搶主角的光彩。

要死，也要先吃一頓飽

礦業衰落之後，生活難，父親連九份都少去了，更別說什麼什錦麵，即便去，也不是去解放，而是家裡有急需，拿東西去典當。其實家裡少數有典當價值的也就他手上那只精工錶。

有一年我中耳炎，硬拖幾天後，不但發燒，連走路都失去平衡。父親下工後拿牙膏磨錶面，說：「帶你去九份看醫生。磨錶面是爲了讓錶看起來新，能當多一點錢。」

那個傍晚我等在當鋪外，卻聽見裡頭有爭吵聲。沒多久父親走出來，臉色鐵青，一邊套著手銬一邊朝裡頭罵，說：「我是押東西跟你周轉，又不是乞丐討錢不還，你講話不必這麼侮辱人！」

之後父親沒帶我去看醫生，而是帶我去麵攤，叫了兩碗什錦麵。我看著他，心裡想：有錢嗎？父親好像看懂我的意思，低聲說：「要死，也要先吃一頓飽。」

那天我們吃得安靜，一如往昔。

記得父親把肉和豬肝往我碗裡夾，大口吃完麵，然後點起菸，抬頭時，我看到的是他模糊的臉。

回程時天很暗了，父親走在我後面，一路沉默，好久之後才聽見他說：「回去……我們用虎耳草絞汁灌灌看……可能會很痛……你要忍一忍。」

這之後到現在，走遍臺灣各地，我好像再也沒吃過一碗及格的什錦麵，無論是色水、氣味或是氛圍。

白菜滷與父親的軀勢

無論是在切肉絲、切魚皮，甚至是剁薑末、蒜末或者翻炒白菜的時候，好像經常不自覺地模仿起已經過世多年的父親的「軀勢」，即便場面差別很大，他在總鋪棚，而我所在的地方只不過是家裡的廚房。

陳玉勳的電影《總鋪師》熱烈上演的時候，幾個朋友看完都不約而同地打電話問我：「是不是因爲你會煮白菜滷，所以裡頭的你就煮這一道？」

當然不是。戲裡我是流浪漢，總不會我之前也曾經是個處處無家處處家的街友吧？

最初陳玉勳導演跟我說明角色時，說我是一個「大隱於市的廚藝高手，可以把流浪漢四處撿到的、人家不要，或吃剩的有限食材，煮成可以養活許多人，而且滋味令人難忘的料理……」初聽到時還眞有點猶豫，因爲這也太難了吧？

「廚藝高手」可不是隨便說說的，一旦身爲高手，即便是簡單的一個切菜、翻炒動作，也都該有他的「驅勢」，像我這種勉強可歸類爲「業餘家庭煮夫」的手腳，也太說不過去、太容易被一眼望穿了吧？

等到看完劇本之後我才比較放心一些，因爲整部電影強調的並不是「總鋪師」的「手藝」，而是「精神」。而且整部電影裡頭，我也只需要動手煮兩道菜而已，一道是用人家吃剩的鹽酥雞加上從市場撿來的茄子，攪和而成的「三杯茄子鹽酥雞」，另一道就是「白菜滷」。

前者只是回收重生、循環利用，而且是三杯，醬油加麻油加酒，想也知道肯定是烏漆麻黑的一道菜，用不著什麼特殊表現。至於後者的白菜滷……不好意思，我還眞的會做，而且吃過的人大部分也都很「ㄊ樂」！

有這小小的信心支撐，加上「誰叫你交上這種爛朋友」的道德與情義的自我說服之下，最後就有「憨人師」那個又瘦又黑、又髒又醜的角色。

熾熱火焰裡的「英雄形象」

言歸正傳吧。老實說，白菜滷是許多人的「鄉愁」，就跟電影裡的另一道菜「番茄炒蛋」一樣，即便是再高明的廚師，似乎都沒辦法做出讓所有人滿意、滿足的氣味，因爲越是尋常的菜餚裡，越是隱藏著無法取代的「媽媽的味道」。

不過，我記憶裡白菜滷的氣味卻不是媽媽的，而是父親的。

父親是業餘的「總鋪師」，準確的說法應該是「總鋪義工」，也就是村子裡各種婚喪喜慶筵席的義務廚師。

如果父親曾經在我的記憶裡留下什麼「英雄形象」的話，那個在廣場中承辦百桌筵席，在熾熱的火焰，交織著蒸騰水氣的總鋪棚下，以自在熟練的手法煎、炒、煮、炸，並且充滿氣勢地指揮水腳們（傳統辦桌時助手的通稱）備料、上菜的他，絕對是最鮮明的部分。

早年鄉間筵席的形式和流程跟現在其實大不相同，比如現在的人幾乎已經習慣在請帖所標示的時間半小時後才紛紛入席，而眞正開桌可能都是一小時之後的事了。以前的人則完全相反，或許是因爲過去交通不便，汽車、火車的班次不多，這一班和下一班的間隔有時候會長達一兩個小時，所以賓客必然選擇提前抵達，於是在正式筵席前的等待空檔裡，主人習慣準備額外的「點心」招待。

說「點心」，其實根本就是既扎實、又「粗飽」的一餐。

比如喜宴，主人準備的當然是一桶又一桶的湯圓，而一般的筵席準備的通常是油飯配肉羹或魚丸湯，如果是滿月酒，那必然少不了 all you can eat 的麻油雞。

前菜吃到飽的傳統辦桌

當年的點心用現代觀點來看，就是今天這個筵席「主題」的呈現。而賓客們似乎也不為之後的好酒、好菜留肚子，通常是要到一個年紀，稍懂人情世故，並且對當時的生活和經濟狀態有了足夠的理解之後，才能看見這種形式和流程背後所蘊含，深濃的人情味。

想想看，在那樣的年代裡，能有一次盛宴並不容易，所以主人除了盡心盡力地滿足邀約的賓客之外，似乎也希望他們的家人和自己的厝邊鄰居都能共享，於是除了先用「點心」把客人的肚子塡飽之外，正式筵席裡更少不了許多方便打包的菜式，讓他們帶回去與家人分享。

除此之外，賓客一旦先前就已肚子滿載，桌面剩下的菜尾必然就多，於是當賓客散去之後，第二回合的筵席就開始了，客人當然就是四鄰的男女老幼，這一回合就是俗稱的「菜尾桌」。

好了，話說從頭，點心過後，賓客入席，「頭ㄟ菜」（頭道菜）於是上桌。

而白菜滷就是當年鄉間冷天筵席裡的「頭道菜」，因爲當時包心白菜只有冷天才有，沒有包心白菜的季節裡，頭道菜通常由筍絲滷取代，因爲即便不是新鮮竹筍的季節，也始終還有桶筍（桶狀包裝的罐頭竹筍）供應。

既然號稱頭道菜，而且又是這麼平常的食材，可見這道菜要顯現的便是今天這個總鋪師的眞功夫，就跟我們都聽過的，要考驗一個廚師眞正的實力，就要他先炒一盤蛋炒飯出來看看的傳說一樣。

父親版本的「白菜滷」

父親的白菜滷不漏氣，因爲他做出自己的味道，且讓他有點挑嘴的兒子至今都還覺得無可替代、無人能比。

他是這樣煮的（我稍稍把大規模的辦桌菜微型成家庭餐桌版）：

包心白菜拆洗乾淨之後，用手把葉片不規則地剁成半個手掌大小，並且把葉子和梗子分開置放。

然後燒油鍋做「蛋酥」。

蛋酥因爲香氣濃烈、口感絕佳，所以用途很廣，可以撒在炒飯、炒米粉上增香增色，也有人把蛋酥加水熬煮直到變成乳白色，用來做湯底，有人稱這是「窮人的高湯」。

它的作法是把蛋汁打勻之後，透過網杓讓蛋汁成水滴狀流入油鍋，慢慢炸到呈深金黃色後熄火撈起，把油濾乾備用。

不過這過程還是需要一點「眉角」，因爲沒炸透就不酥、不香，而起鍋前的最後關頭卻又容易過焦。根據我自己摸索出來的經驗是，炸到鍋裡開始冒出大量泡沫的時候就把火稍微關小，這樣最後階段的火候比較好控制，也可以避免熱滾滾的蛋酥紛紛迸出鍋子外。

接著準備炒魚皮。

魚皮是北部白菜滷的重要角色，南部則比較慣用「扁魚」，也許是這個緣故吧，南部的朋友提到類似白菜滷的料理時，通常說的是「扁魚白菜」。

不過扁魚和魚皮在這道菜裡的功能完全不同，炸過的扁魚香氣四溢，所以它的氣味成了這道菜的主角。

而魚皮在白菜滷中只是配角。魚皮就跟魚翅一樣，本身沒有味道，我們要的是它的膠質和口感而已，不過它的價格和魚翅相較之下當然是天淵之別，所以同樣有人稱呼它是「窮人的魚翅」。

早年的魚皮或許沒經過初步的處理，記憶中它比較腥臭，因此買回來之後不僅要刮、要洗，而且還要用薑、蔥、酒燙滾之後才下得了鍋；現在的魚皮都已事先處理過，不過老實說，就跟超市裡那些經過處理之後才上架的豬大腸一樣，是方便省事多了，但卻也少了一點它們應有的「味道」。

處理乾淨的魚皮切成條狀，粗細則憑個人喜好，因為有人喜歡魚皮的口感，有人則只希望魚皮的膠質溶入白菜滷當中，所以前者可以切得粗一點、寬一點，後者則相反。

炒魚皮需要一些作料，薑末、蒜末，以及少量的辣椒末，把這些作料用油爆香之後，倒入切好的魚皮快速翻炒，並且淋上一些米酒和烏醋去腥，微滾之後隨即撈起備用。

再來就準備炒包心白菜了。

這之前要先準備一些香菇絲、胡蘿蔔絲以及肉絲。油鍋熱了之後把以上三絲倒入爆香，然後以鍋子可以容納的範圍先放進菜梗翻炒，等它熟軟之後接著放進菜葉拌炒，記得這過程千萬別加水，只加適量的鹽即可，因為包心白菜本身水分就多，鹽可以幫它加速釋出。

之後的步驟就全看個人口味和偏好了。

有人喜歡把蛋酥鋪在起鍋後的白菜滷上頭當裝飾，但父親好像比較喜歡讓蛋酥的香氣溶入白菜裡，所以當鍋裡的白菜燉到連菜梗也軟爛之後，便把蛋酥放進、攪勻一起滷。

接著可以選擇放進蹄筋或磅皮（炸豬皮）。磅皮和蹄筋本身沒味道，但口感好，一旦吸入白菜的滷汁後滋味更是美妙。不過就像魚皮與魚翅，價錢差異大，也許是這個原因吧，同樣一道白菜滷，在喪事的場合裡通常不用蹄筋而用炸豬皮，此時的「簡約」無關金錢，有關的是一種態度、一種不言而喻的人情義理。

之後剩下的配料就是已經炒好的魚皮了。和蛋酥一樣，你可以選擇現在放，好熬出它的膠質，讓滷汁更濃郁、黏稠，也可以稍後再放，求其口感。

最後調味、熄火，白菜滷於焉完成，上桌前且別忘了順便準備一些黑醋和香菜，好讓賓客依喜好添加。

這就是我父親版本的白菜滷，包心白菜上市之後的冷天裡我經常模仿著做，尤其是眾多朋友在家裡聚集時，一鍋白菜滷、一鍋炒米粉加上一鍋麻油雞，似乎就可以讓一堆人吃得肚圓腹漲、一身熱汗。

煮一道菜、一頓飯對我來說，也是另一種方式的創作。看到朋友吃完後那種滿意的神情時，自己的喜悅和成就感，絕對不亞於寫完一篇滿意的文字，甚或一套劇本。

然而，私下最大的滿足其實是在整個料理的過程，無論是在切肉絲、切魚皮，甚至是剁薑末、蒜末或者翻炒白菜的時候，好像經常不自覺地模仿起已經過世多年的父親的「軀勢」，即便場面差別很大，他在總鋪棚，而我所在的地方只不過是家裡的廚房，然而想扮演的好像是他一直留在我心裡的「英雄形象」。總鋪棚下，當完成一道料理之後，大吼一聲：「出菜哦！」那個既威嚴且得意的神情和姿態——一個平凡的老礦工那麼難得的出眾模樣。

魚丸與虱目魚，最初與最後

他拿著筷子的手沾滿泥巴，或許是推車用力過度吧，整隻手不自主地顫動著，眼睛看著遠方，沒有表情地不停咀嚼著，好久之後才似乎想起什麼，轉頭看我，然後夾起一塊肉伸向我……

歲末年終，或許如早年一些老人家說的，是一個奇怪的「關卡」。某年冬天，在短短十幾天裡，竟然有幾位長輩前後離開，其中還包括我初中時候的音樂老師李泰祥先生。

看著攤在桌上的幾份訃聞，忽然想起父親。

比起享壽七十五到八十幾的這些長輩們，父親離開得好像太早了些。他六十二歲走的，正是我寫這篇文字時的年紀。

而且，比起這些長輩的孩子幫他們寫下的生命經歷，父親的一生似乎顯得貧乏空虛。

記得他過世時，原本也想和別人一樣，幫他寫一段「生平事略」，但也在那個當下才發現，自己和他好像一點都不熟，因爲他從沒主動跟我們說過他的人生點滴，而我們好像也不曾問過。

這彷彿是臺灣很多上一代父母跟子女之間永恆的遺憾，因爲他們似乎不習慣、不懂得，甚至羞於「親密」——不管在語言或行爲上。

或許因爲這樣，所以跟弟妹一說起和父親相關的印象時，似乎都是個人的經驗或感受，很少有大家都同時在場的「共同記憶」，而且奇怪的是，多數都和食物有關。

不過，慢慢地似乎也都明白，在那個貧乏的年代，一個不會表達情感的父親，能讓他的孩子們感受並牢記他少數關心與愛的「證據」，無非就是最簡單、直接的和吃食相關的記憶吧？

喝了湯，把魚丸留給孩子

出生時，祖父託人幫我排了八字，長大後看到時已摺痕龜裂、字跡斑駁，只依稀看出「大運起三歲」及「三奇蓋頂」這幾個字。研究過命理的朋友說，「大運起三歲」的另一個意思是，從三歲開始就會記得某些事。或許是這樣吧，母親在世的時候，幾次跟她印證我腦袋裡殘存的一些過往影像時，她總會露出不可置信的表情說：「怎麼可能？那時候你才多大？你怎會記得？」

比如對父親最早的記憶，是一個穿著有點像軍裝也像學生制服的人逆光站在門口，他的背後是夏天傍晚時分的陽光和遠處山嶺昏黃的顏色。

那個人打開便當盒，用筷子戳起一顆白色的丸子，搖晃著，誘引我走向他，然後我咬了一口那顆丸子，覺得那味道眞好！吃完之後，那個人笑著，又從便當裡戳起另一顆來，吃完之後或許不過癮吧，我哭了，可是那個人還是在笑。

這個宛如夢境一般的畫面，曾經求證於母親，記得她同樣無法置信地說：「怎麼可能？你哪會記得？」

那時候我才三歲多，父親大約二十六、七歲，政府召集這批出生於日本時代、而當時已超過徵兵年齡的人進行「國民兵」訓練。暑假時每天一早，父親帶著便當翻過山到九份國小報到受訓，午餐時，這群參訓的人會到市場的麵店叫一碗湯配便當，父親通常只喝湯，而把魚丸留在便當盒裡，帶回來給他的孩子。

之後曾在父親留下的少數照片裡，看到上頭寫著「瑞芳地區國民兵訓練結業紀念」的一張，裡頭一群人背著槍、戴著船型帽，穿著就跟記憶裡那個搖晃著魚丸的人一樣的制服，都朝鏡頭笑著。

不過當我看到這張照片時，上面好幾個人的頭頂上，都有小小的、不同墨色的×字記號，我問父親這個記號代表什麼？當時才四十來歲的父親說：「已經過世的人。」他還記得那些人的名字，以及他們過世的原因，包括災變、生病和自殺。

我沒問的是，這些人當時是否曾經和他一樣，把湯喝了，而把魚丸留給他們的孩子？

泥巴和汗水交織的背影

我們兄弟姊妹總共五個人，最小的妹妹出生那年，有個大颱風侵襲北部，村子裡很多房子都倒了。當時金礦業已經蕭條一陣子，許多已經失業很久而今連房子都沒了的人，乾脆死心地放棄一切，離開這個曾經繁盛一時的村落到外頭謀生。

也不知是幸或不幸，那次颱風我家只倒了煙囪，父親雖然也失業了一陣子，但最後找到一個推礦車的工作，所以沒在那個「移民潮」的巔峰離開。

一位採礦師傅「淪落」爲只靠力氣而完全不需專業技術的礦車工的那種失落感，我們要到很久之後才能體會，當時只覺得父親的脾氣變得沉默，甚至暴躁易怒。

每天下工後、晚餐前，他總是要我們到雜貨店賒一些黑糖、麵線回來，然後默默地坐在門口，等我們幫他弄好黑糖拌麵線後，自己大口大口地呑食，也不管屋裡的孩子們都流著口水看著。

那時候我已經大了，每回去雜貨店賒東西時總會想：「都這麼窮了，你還要賒帳吃這麼好的？」

當然同樣要到很久之後才懂，那是一個人在體力耗盡之後最快速的熱量補充，也才懂爲什麼他都在那碗麵線吃完之後，整個表情才會稍稍舒緩，才會用比較溫和的口氣跟我們說話。

記得某個星期天，豬肉販子竟然不請自來地把擔子挑到我家門口，然後從擔子裡拎出一塊三層肉，說是父親買的，並且交代我把肉切塊用醬油滷一滷，中午裝便當送到坑口去。

我問肉販說：「是買的，還是賒的？」

他的回答是：「大人的事，小孩不要問！」

是賒的。我當然懂。

那天，除了依照囑咐把肉切塊去滷之外，我「惡向膽邊生」地偷偷留下了一小段，把它切得很薄很薄，和肉塊一起滷熟之後，分給圍在灶邊的弟妹們一人兩片，也給在採石場打工的母親留了幾片。當時心裡想的是：「也不能一直只有你吃好料的吧？」

中午看著父親蹣跚地推著裝滿廢石的礦車出坑，他一看到我便迫不及待地把礦車停了下來，然後像幾天沒吃飯似地，手也沒洗就打開裝肉的小鋁罐，把肉汁往便當裡的白飯澆，接著大口大口地扒起飯來。

他拿著筷子的手沾滿泥巴，或許是推車用力過度吧，整隻手不自主地顫動著，眼睛看著遠方，沒有表情地不停咀嚼著，好久之後才似乎想起什麼，轉頭看我，然後夾起一塊肉伸向我，說：「你們也很久都沒有吃到油腥了哦？」

我嘴裡含著肉，鼻頭一陣酸，然後聽見父親說：「剩下的……帶回去分給弟弟妹妹吃。」

之後他繼續大口大口地扒著飯，不知道他的兒子正在背後看著他，看著他工作服上泥巴和汗水交織而成的斑駁痕跡，以及他仍顫動不已的手。

煮給父親的最後一道菜

父親晚年（其實一點也不「晚」吧？）除了礦工職業病「矽肺」之外，同時也有糖尿病，頻頻進出醫院。矽肺會喘，體力耗費大，需要高熱量的食物補充，而糖尿病偏偏得節制飲食，因此他經常爲了三餐能吃什麼、不能吃什麼，和母親鬧彆扭。

有一回，他再度住進醫院，我去跟母親換班照料，晚餐送來的時候，他只看了一眼就一把推開，說：「再餓……看到這些東西就飽！」

我問說：「那你現在最想吃什麼？」

他沉默了好久之後，才有點靦腆地、小聲地說：「可以下飯的就好……像那種用醬油滷得爛爛的、鹹鹹的三層肉……」

當晚回家跟當過護士的太太說起父親的渴望，她說三層肉不好吧？但如果是魚說不定還可以。

於是第二天，我買了一條父親喜歡的虱目魚，切塊後，用蔥、薑和醬油滷了帶到醫院去。

午餐時間，我把病床邊的布幔拉了起來，以免護理人員看到彼此難堪，然後坐在床邊看著父親就著那些魚大口大口地扒著飯，看到他拿著筷子的手微微地抖動著，一如當年在坑口。

只是這回他沒跟我說：「剩下的帶回去分給弟弟妹妹吃！」他說的反而是：「剩下的……幫我收好，不要讓護士小姐看到……晚上我還可以吃！」

當時不知道，那就是這輩子我煮給父親的最後一道菜。

最初與最後通常最難忘，一如我記得和父親第一次與最後一次一起看的電影，分別是《愛染桂》和《東京世運會》一樣。我記得這道滷虱目魚，就像記得當年魚丸的滋味，以及他搖晃著魚丸要我靠近的樣子。

米粉涼了

它擱在流理臺上，早已經冷了，
無論顏色和樣子都像當年擺在爐灶上的那一盤，
而且四周有著同樣的寂靜、同樣的哀傷。

我承認自己的腦袋裡頭裝的絕對沒有「學問」這一部分，反而有不少無用的東西。

像是，我記得小學時代的課文以及很少人會唱的某首愛國歌曲、記得中學及大學的校歌，甚至某年一則報紙的標題。比如臺東紅葉隊打敗日本和歌山球隊，從此開創臺灣少棒熱潮的第二天，報紙的大標題是〈棒打東瀛小將　手揮流星快球〉。甚至還記得有一年某個屢破紀錄的女運動員進醫院做變性手術，新聞的標題竟然是〈肥了櫻桃　瘦了芭蕉〉。

每每講起這些記憶的點滴時，朋友都會一陣笑罵，而之後的結論通常是：「你的腦袋好像裝了一堆垃圾！」

不是好像，或許根本就是。

一百斤冷掉的炒米粉

前幾年，不知道什麼機緣和紀政小姐變得經常見面，每回看到她時，總會想起跟她有關的一件事，不過絕非類似別人記得的，諸如她對體壇的貢獻，或者在運動場上所曾創下的紀錄等等，而是某一年省運會在她家鄉的縣分舉行，報紙說她母親炒了一百多斤米粉要請參賽選手吃。然而選手去吃的不多，因此紀政小姐透過記者呼籲，請大家都來吃，因爲那是她母親的熱情和好意，而且沒吃完的話，她和家人可得要吃上好長一段時間！

對許多人來說，這或許只是一則花絮般的新聞，甚至有可能是記者刻意杜撰，一笑置之可矣，但不知道爲什麼，這則報導對我來說卻一直記憶深刻，因爲我想到的，始終是一大鍋冷掉的炒米粉被擱置在桌子上的樣子，以及她母親落寞的表情。

在那樣的畫面裡，似乎隱約流露著善意的情感被忽視的失落、期待被抹殺的錯愕，以及一場熱鬧之後莫名的蕭颯和憂傷。

都要到很久之後，那樣的畫面和那樣的聯想，彷彿才和記憶裡某個深刻的印象連上線。

爆香氣味裡的母女衝突

童年時期礦區災變是常事，家長一旦因災變殘廢或死亡，家裡的孩子似乎就必須在一夜之間長大成人，去城市當童工、當學徒，而某些女孩的命運則更加曲折悲慘。

之前或許已經在工廠當女工或在城市當幫傭的女孩，一旦家裡失去了主要經濟來源，為了維持家計、拉拔弟妹，經常會被要求去茶室或酒家賣笑賣身。

隔壁親戚的大姊姊就是一個例子。

那時候她應該才十六、七歲吧，底下五個弟弟，父親過世之後，大弟馬上輟學被送去城市當學徒，而其他四個都還是中低年級的小學生。

她先從工廠轉去茶室上班，偶爾回來好像都是爲了調養身體，因爲只要一回來，她家就整天彌漫著中藥的味道，她經常會坐在廚房門口，蒼白著一張臉，端著一碗黑黑的藥汁喝，然後把裡頭的排骨或雞肉分給圍在她身邊的弟弟們吃。

滿十八歲之後，她進了酒家，回來的時候一樣是喝中藥，有一回還住了很長的一段日子，聽大人說是「拿囝仔」身體虛。

在家的時候，她常過來找媽媽，兩個人會在廚房的爐灶前說悄悄話。也許她們都覺得我還小吧，因此並不忌諱我在一邊聽。大姊姊會抱怨她媽媽要錢要得太緊，會說自己每天晚上灌酒灌到死。

有一回，她說有個男的想娶她當繼室，但她媽媽不答應，哀求她再辛苦個一兩年。

她跟我媽說：「我可以再忍耐，但，再過幾年就老了……到時候，有誰愛？」然後兩個人在爐灶閃爍的火光裡低聲飲泣，淚水晶瑩。

又過了一兩年，有一天，大姊姊忽然帶了一個白淨好看的年輕人回來，是外省人，不會說臺語，於是我被叫去當翻譯。

父親和隔壁一兩個叔伯負責和那年輕人喝茶說話，而大姊姊、她媽媽和我媽則在廚房裡忙著準備飯菜。

年輕人在一個公家單位當祕書，說他長官常和商人交際去酒家，因此認識了大姊姊。他說大姊姊很單純，他喜歡她，再也不能忍受她在那樣的地方受苦，想娶她，但是他只有「愛」，沒什麼錢，希望我爸爸和長輩們能說服她媽媽，希望她成全。

我進廚房，把聽到的話說給大姊姊的媽媽聽。

那時候媽媽正在炒米粉，廚房裡都是乾蝦仁在鍋裡爆香的氣味。

其實不用我翻譯和傳話，大姊姊的媽媽也知道年輕人的來意。

大姊姊的媽說：「妳很辛苦我知道，但爲了弟弟們，妳能不能再忍個一段時間？」

大姊姊說：「我不要！該忍的我都已經忍過。」

大姊姊的媽說：「那妳是要我死？」

大姊姊說：「我已經老了，再來就沒人要！」

大姊姊的媽說：「妳會比我老嗎？我也沒丈夫、沒人靠啊！」

大姊姊說：「妳有女兒幫妳賺，我老了靠誰養？」

大姊姊的媽忽然伸手打了大姊姊一巴掌，然後抱著大姊姊憋著聲音哭。

媽媽依然炒著米粉，流著淚，揮手要我出去，說：「去跟你爸說可以吃了，要他們擺桌子！」

記得桌子才剛擺好，大姊姊忽然從廚房走出來，說：「我們來不及吃了，晚上還要出勤，火車的班次一定要趕上！」然後拉著那個一臉茫然的年輕人就往山下走。

客廳的男人都無能地沉默著。

我走進廚房，只見大姊姊的媽蹲在灶邊哭，媽媽則陪在一旁安撫。灶上一大盆炒米粉冒著淡淡的熱氣，我靠在廚房的門邊等，等著媽媽開口要我吃，但直到米粉冷去，天色漸暗，卻都還沒人開口說餓。

好一會兒之後，才聽到屋外有鄰居的聲音打破沉默，他說：「我剛剛在山路上遇到了××和一個男的，兩個人都在哭，啊是有什麼事？」

我聽見爸爸低聲地罵：「你哭爸哦？你恬恬是會死哦？」

冷米粉和被忽視的情感、被抹殺的期待，以及無邊的沉默和莫名的憂傷的連結，或許就源自這樣的記憶吧？

被擱置的期待，無邊的哀傷

只是從沒想過，在後來的歲月裡，自己也要經歷一次冷米粉的劇痛和憂傷。

幾年前的一個晚上，朋友知道我太太出國旅遊，於是用陪伴當藉口，要我提早下班回家準備飯菜，他們會帶酒精飲料過來攪和。

我先去大賣場買炒米粉的料，巡了一圈貨架後，也把山藥排骨湯及三杯雞的材料都備齊。

那天晚上的廚房裡一切出奇地順利，蛋酥炸得漂亮，米粉炒得乾溼合宜，豆芽菜下得恰是時候，入口既脆且不帶生味。

米粉剛起鍋，電話響，小妹哽咽地說患有重度憂鬱症的大妹燒炭往生。

在趕往醫院的路上，我通知朋友取消當晚的約會，

然後心裡冒出一股無名火，想到的是：「爲什麼該幫我辦後事的人都比我先走？弟弟走後妹妹走！」

我發洩似地猛力拍打著方向盤，之後整個右手紅腫了好幾天。

從醫院的往生室回到家已經是半夜，朋友們帶了食物和酒來，我一點也沒有餓的感覺，唯獨酒一口接一口地喝著。

直到他們都走了，當我把杯盤碗筷收進廚房時，才發現我完全忘了那一盤炒得極其精采的米粉。

它擱在流理臺上，早已經冷了，無論顏色和樣子都像當年擺在爐灶上的那一盤，而且四周有著同樣的寂靜、同樣的哀傷。

只是當年只想著吃，並不十分理解大人爲何沉默的小孩已經老了，他看著那盤冷掉的米粉眼淚止不住地冒了出來，最後他把廚房的門窗關上，因爲怕鄰居聽到他斷續的哭聲。

世代之味

阿嬤彷彿是那家麵店的「鎮店之寶」，那時候她大概六、七十歲有了吧，雖然滿臉皺紋，但每天依然打扮光鮮，畫眉毛、擦粉擦口紅，坐在店裡撿菜、包筷子，或者只出一張嘴招呼客人。

家裡一直沒有外食的習慣，無論是最初的家或是結婚後自己的家。孩子出生後，太太就辭去護士工作成爲專業主婦，而住家也從永和搬到新店安坑。

一九八〇年代中期的安坑還相當「鄉下」，而我們又是偌大的社區最初住進的幾戶人家之一，偶爾需要的交際，甚至公司同事間的聚餐，我都會因爲擔心天黑之後，太太一個人帶孩子在家會害怕而不得不缺席。久而久之，下班後各種活動邀約，我好像也就被有意無意地排除在外。

那個年代有個標語到處貼——「爸爸回家吃晚飯」，而我就是那種經常被同事笑謔的「標準爸爸」，而且偶爾還是「回家煮晚飯」。

孩子四歲開始學鋼琴，上課地方在市內的重慶南路，所以下課後太太就帶著他到西門町我上班的地方等我，然後一起坐車回家，也就是那段時間開始，我們才破例一星期一次在外頭吃晚飯。

拖著火車頭的新奇迴轉壽司

四歲的孩子還不會有自己的意見，乖乖地跟著我們在西門町附近獵食，吃鴨肉扁、吃美觀園的日本料理或者一條龍餃子館，以及「黑狗伯」。

「黑狗伯」是家臺式麵店，賣切仔麵、切仔米粉和黑白切，店面不大，位置也不明顯，它隱藏在眞善美戲院後頭的巷子裡，安靜、乾淨且很合我們的胃口，更也許是店名特殊，小孩子容易記，因此每當我問：「今天晚上我們吃什麼？」孩子就會脫口而出說：「黑狗伯！」於是有好長一段時間，我們成了那兒的常客，端上來的菜好像都比一般客人多。

後來黑狗伯巷子口對面開了一家迴轉壽司，有天吃完麵過街要去停車場取車時，孩子被玻璃門內那輛拖著各種壽司在檯面上環繞的火車頭給吸引住了，於是第二個星期當我問：「晚上吃什麼啊？」他說的是：「火車！」

其實我們都清楚他對那輛火車頭的興趣肯定大過食物，果不其然，在那家餐廳裡他不曾「正經」吃過一餐飯，眼睛老是盯著火車頭轉，拿的第一道食物永遠是布丁，這對護士媽媽來說根本是大忌，而且這個媽媽當時還不敢吃生魚，於是之後每週一次的外食晚餐便成了永無休止的鬥爭。

更沒料到的是，隔沒多久全臺灣第二家麥當勞也在西門町開幕，孩子吃過一次後，從此每星期一回的外食晚餐拉鋸戰更加激烈！倔強的孩子、堅持的媽媽在街頭彼此一陣廝殺之後，下決定的責任便歸向左右為難的爸爸。

爸爸心裡明白，任何決定都必然得罪其中一方，所以有時候會逃避責任地說：「都不要鬧了，我們回去吃『加貓』！」

「加貓」裡的鎮店之寶

「加貓」也是一家臺式麵店，在我們回安坑的安康路上。早在搬家前我們就認識這家店了，記得有回是去看新家的工程進度，回程已是晚飯時間，那時的安康路還是一條兩線道的鄉間小路，傍晚時分，這家麵店的燈是唯一亮處，於是就進去吃，沒想到一吃就有了十幾二十年的緣分。

那時候的「加貓」已經是第二代，由媳婦掌廚，他們的什錦麵完全「遵古法製」，和童年記憶中九份昇平戲院外那家麵店的氣味幾乎不分軒輊，而白斬雞更是精采，細嫩、鮮甜多汁，不過要吃得到通常得趕在下午之前，第一代的阿嬤有一回就跟我們說：「早上 sar（水煮）的雞，到下午怎麼會好吃？」

阿嬤彷彿是那家麵店的「鎮店之寶」，那時候她大概六、七十歲有了吧，雖然滿臉皺紋，但每天依然打扮光鮮，畫眉毛、擦粉擦口紅，坐在店裡撿菜、包筷子，或者只出一張嘴招呼客人。後來跟她熟了，才知道她曾是當年「黑貓歌舞團」的成員之一，和文英阿姨前後期。比起她的妖嬌、熱情，始終隱身在廚房油煙裡的媳婦就更顯得素淨、沉默。

媳婦有兩個小孩，分別大我兒子三歲和兩歲，後來都是安坑國小前後期的同學。也許長期泡在油煙裡吧，幾年之後媳婦的身體好像不太好，有一陣子麵店開開關關，當二〇〇〇年我們搬離安坑的時候，阿嬤不在了，「加貓」也已經由第三代的兒子和媳婦掌廚，口味大不如前。

一九八九年我辭去工作，告別西門町，每週一次的晚餐之戰宣告結束，之後的外食通常也只是週末假日偶爾行之，去哪裡、吃什麼，由出錢開車的說了算，兒子有時候難免有意見，我就說：「那我們舉手表決！」多年後他經常嘲笑我們這種「多數暴力」，因爲再怎麼表決始終也都是兩票對一票，他從來不曾贏。

愛吃飯的沒來啊？

青春期兒子的食量驚人，有陣子酷愛牛肉，外食晚餐最常吃牛肉麵，而且得兩碗才飽，店員端出第二碗時常忍不住偷笑。

其實兩碗是小事，國中下課後有數學補習課，晚餐就在學校旁邊的一家牛肉麵店吃，那家店對學生有優惠，加湯、加麵不加錢，聽說最高紀錄是他和三個同學共吃掉十一碗，問他：「老闆有沒有臭臉？」他說：「沒有，只是一直說我們是社會棟梁！」

記得那時期有一回去信義路的「元香」吃火鍋，湯底都還沒滾，光就著花生米和泡菜兩碗白飯就已經下肚！那餐我太太幫他點的不算，光他自己就要了七碗飯，在「元香」一戰成名，多年之後那些資深的服務生都還記得他，因爲他的紀錄還沒被打破！

他念大學的時候有一天我們又去，那回雖然比較節制只吃了四碗，但服務生還是笑著跟他說：「你的嗜好都沒變啊？」去年冬天我和太太去，服務生看到只有我們兩個人，說：「愛吃飯的沒來啊？喔，都忘了他已經很大了，不跟了……」

是大了，都三十幾了。

三十年一晃……黑狗伯沒開了、加貓關了、兒子也住到外頭去了，偶爾三個人一起的外食晚餐也都得要事前約定，多次 confirm。

每個世代都有不同的風景

儘管現在各種美食的訊息氾濫，但三十幾年來我跟太太偶爾外食，直覺想到的永遠還是相同的那幾家，有回和兒子約吃飯，聽太太跟他打電話，說：「你選吧，帶我們去吃點新鮮的！」

是吧，當年的「多數暴力」到了這個時候肯定必須被輪替，而且我們絕對是心甘情願地接受他的選擇，因爲相信三十幾年相處下來，他一定理解我們的偏好和口味，更何況這樣的口味和偏好，也必然是他生命中無法切割的一部分。

幾年來，三個人一起外食的次數雖然不多，但對我們兩個老人家來說，好像每次都是驚喜。

兩代各有不同的喜好，一如世代各有不同的風景，他所挑選的餐廳果然都有我們喜歡的菜色，但是每一家卻又有它們獨特的品味和個性，無論裝潢和氣氛。我不知道太太的感覺是什麼，但對我來說，有時候竟然會有一種「被接納、被尊重」的欣慰。

想想看，當你走進一家四周都是年輕面孔的餐廳，聽到的都是一些陌生甚至有點遙遠的話題和資訊，但菜單上卻有你熟悉的菜名，而且上菜後發現氣味和口味也都和你記憶裡的差異不大，甚至完全相同……你不覺得在被下個世代完全淘汰和取代之前，這已經是一種值得慶幸的事了，不是嗎？

苦

第二部

黯淡燈光下的一桌愁容

關於番薯的愛恨情仇

同樣是番薯，當飯吃對小孩來說經常是和著眼淚吞，然而只要媽媽一時興起說聲：「晚上我們來吃煎番薯粿！」所有人就馬上眼睛一亮，笑逐顏開。

當今六、七十歲的老頭們對番薯大概都充滿某些奇怪的愛恨情仇吧？小時候吃的飯裡頭，番薯塊好像永遠多過米，配菜也永遠少不了番薯葉，看著有點營養不良的孩子，阿公阿嬤心疼之下都習慣這麼唸著：「番薯吃到囝仔要死要死，吃到大人黑牙齒，吃到全家棉被內放臭屁！」

吃番薯、番薯葉長大的人到了這個年紀，對這東西的反應很不一樣，有的以「憶苦思甜」的懷舊情感重新去親近它們，有的則以健康的理由再度接受。當然也有一些人，在經過那個貧困階段之後，從此與番薯、番薯葉劃清界線、老死不相往來。

有個朋友就曾經向他太太這麼宣示：「小時候我家裡窮，三餐都是番薯、番薯葉，那時候我就發誓，我一定要努力，讓自己這輩子不必再吃這些鬼東西，如果日子過到現在還要我吃，那這一生的努力、拚鬥，不就等於白忙一場？」

到底還要吃多久番薯？

對番薯、番薯葉我沒朋友這般深惡痛絕，但老實說，喜好度也不高。

小時候「吃到怕」是原因之一，就像高麗菜乾、有尿騷味的鯊魚條（小鯊魚）、混身是刺的狗母梭（現在已經少見的魚，猜想是當年被我們這些窮人吃到絕種了）一樣，是心理與嘴巴、舌尖上本能的排斥。至於額外的原因，大概是它的「產出過程」中，總夾雜著許多不是那麼快樂的回憶吧。

九份是礦山，並不適合農耕，所以當年阿公以他在蘭陽平原的耕種經驗所挑選出可以栽種番薯的山地，都在開門看得見，但走起來至少都要半小時的山崗上。我是長孫，所以從開山闢地開始，我就是假日必然的勞動力之一。然後是挑苗上山、彎腰栽種，直到之後的除草、收穫。每個過程幾乎都無法逃避，任何想要閃避的理由或藉口的後果都一樣，不是被罵著就是被打著上山去。

除此之外，當年最怕的事莫過於黃昏時刻，媽媽下工回來發現家裡沒菜，隨口那聲：「去摘一些番薯葉回來！」

語音一落，你最好馬上行動，因爲媽媽性子急，加上勞動一天之後血糖低，脾氣特別差。你非得在她煮好飯、洗好鍋準備炒菜的那一剎那，把一盆子撿好、洗好的番薯葉遞給她，否則就是一場足以讓全家陷入低壓狀態的咒罵。

於是來回約需四、五十分鐘的山路，加上摘菜的時間，你必須加速在半小時內完成，而且還得隨時注意家裡煙囪的「煙色」，以調整動作。

濃煙是剛生火，如果濃煙持續，表示媽媽正在燒熱水，準備先洗澡再煮飯，所以自己的動作可以稍緩。

如果濃煙之後忽然轉白煙，那表示媽媽已經在煮飯，而且飯湯已滾，媽媽正把炭火撥開，準備開始燜，這時候你最好手腳加快一點，因爲飯熟之後番薯葉還沒及時趕上，套句當兵的術語——「你就倒大楣了！」

媽媽已經在撈飯，我還在山路上奔跑，手上的番薯葉還一路掉……類似的緊張記憶，即便多年之後，依然是會讓自己嚇出一身冷汗的夢境。

照理說，含淚播種必定歡呼收割吧？也不盡然。

年冬不好，番薯收穫差，大人不開心；收穫好，大人高興，對小孩來說卻是一種折磨，因爲只要扛得起、走得動的，在收穫期間必然都是勞動人口。大人拚命把番薯往布袋塞，小孩一袋一袋從山上背回來。番薯大小不一、凹凸不平，頂著骨頭磨著肉，每一趟都是苦刑。

好不容易背到家，倒進通鋪的床板下，弟弟妹妹紅著眼眶彼此望一眼，認命地再度走出門。他們哀傷的是，山上的番薯堆積如山，不知道還要幾趟才能背得完；我哀傷的是，床板下這麼一大堆，到底還要吃多久的番薯，才會「出頭天」。

含淚播種的必歡呼收割

同樣是番薯，當飯吃對小孩來說經常是和著眼淚呑，然而只要媽媽一時興起說聲：「晚上我們來吃煎番薯粿！」所有人就馬上眼睛一亮，笑逐顏開，而且不需要分派指令，孩子們都會在幾秒鐘之內各就各位，遂行自己的職責。

都要到多年之後，媽媽回首窮困的往日時，我們才知道那是她的「計謀」。

九份一帶，一到了冬天，經常是苦雨不歇，一戶人家七、八個小孩無處可去，塞在狹窄的屋子裡吵吵鬧鬧，常讓大人眼見心煩，唯有「煎番薯粿」可以讓小孩有事做，也讓大人可以安寧片刻。

「番薯粿」其實就是把番薯磨成泥，然後放進鍋子裡，用少許的油煎到熟的一種另類吃法而已。吃番薯粿不但可以省掉一餐的米，同時也省掉一餐的菜，但對小孩來說，那是一種「變巧」，所以大家都愛。

當年沒有方便的工具可以把番薯磨成泥，於是只要一聽媽媽要煎番薯粿，年紀大一點的男孩子便雨衣一穿、鐮刀一抓，直往山上衝，目標是一棵容易下手的筆筒樹。

筆筒樹的葉梗有又細又堅硬的刺，砍下葉片去掉葉子只留葉梗，並且截成兩尺左右的長度，然後再砍一根竹子，削出幾根一尺左右的竹籤，穿透五六段筆筒樹的葉梗，串成長方形的板子，這就成了最天然的磨番薯泥的工具。

大孩子在山上忙的同時，小一點的則爬進床板下，翻找出一些長得長一點、胖一點的番薯，然後削皮洗乾淨。

番薯要長得長一點，磨泥的時候才好抓、好使力，尤其是磨到最後階段萬一抓不住，一失手，手指便容易被葉梗的刺磨傷。

話雖這麼說，記憶裡磨好的番薯泥，好像永遠不缺孩子們的血跡。誰的手受了傷，媽媽通常會把鍋子中間的那塊番薯粿給他當補償，因爲那一塊吸的油最多，所以外殼最脆也最香。

「含淚播種的必歡呼收割」這句話，好像得一直到咬著熱熱的番薯粿的這個時候，才得到印證。

去年春節前，朋友聽我說番薯粿的故事，要我春酒的時候做一些，讓大家嘗嘗。我買了番薯，但院子裡兩棵筆筒樹卻染上某種病菌前後枯死，於是只好翻出以前磨水果泥給小 baby 吃的鋁製磨泥器，湊合著用，沒想到，磨到最後才發現，雪白的番薯泥上頭，依然出現一小片紅色的血跡。

於是那天我把鍋子中間的那一塊番薯粿，留給了自己。

城市角落裡，阿公的晚餐

我始終沒跟他說，那些雞脖子通常是整批賣給人家剁碎了當狗食。不過，阿公很會滷，滷得很夠味，很好吃。

阿公過世於一九八〇年，享年七十九。他一輩子幾乎無病無痛，但在一次感冒之後，整個身體就開始衰敗。瑞芳一位醫生說那不是病，就是「老」，當某個器官的使用期限到了，功能慢慢喪失後，連帶地也影響其他器官，然後逐一停擺。他說阿公身體基礎好，就像「德國貨」，所以平常故障少，而現在的狀況是所有零件都已經耗損到一個極限，無從修理起，修也沒意義，就讓它自然運作，直到最後吧。

阿公身體基礎好，或許和他年輕的時候學拳術，加上之後的重度勞動有關。阿公有四兄弟，他排行老三，小時候被押在地主家裡當長工，拳術就是那時候學的。他說地主在農閒的時候都會找唐山師父來家裡教，有錢人最怕偷和搶，讓長工學拳術，勞動之外還可以在必要時兼當保鏢。

阿公神奇的「知識」

四兄弟十幾二十歲時，聽人家說九份是「金仔山」，要翻身到那兒才有機會，於是幾個人就從礁溪落跑到九份。兄弟們都進了礦坑，只有阿公進不去，因為他有一隻眼睛從小失明，因此只能在礦區打零工。進得了礦坑的工錢高，偶爾還有機會偷偷夾帶些金砂出來賣。至於礦區的雜工則是賣時間、賣勞力，不但工錢少，工作也不穩定，所以阿公就得比別人更操勞。記憶裡的阿公好像什麼工作都做，煉金工廠守夜、修路、造林、替林務局除草、當苦力挑東西等，沒工作的時候就闢菜園種菜，或闢一塊山地種番薯，以及在家看顧我們這些小孩。阿公不識字，所以「知識」來自累積的生活經驗。比如每天一早開門看看天，就可以預知午後有雷陣雨，而苦雨不斷的某個早晨會忽然跟小孩們說：「下午你們就可以上運動課！」

從小和他一起走在去九份或番薯園的山路上，他會趁機教我們認識草藥，比如跌倒了哪一種草揉一揉擱在傷口上可以止血、哪一種塞進牙縫可以止牙疼、哪一種摘來煮了喝可以退燒。

我們那邊的山區多蛇，他在我們的書包裡放了一截木頭，說萬一被蛇咬了就把木頭拿來嚼，口水吞進去，嚼爛的木渣則往傷口貼，用手帕綁牢，然後盡快回家找大人。

那些草藥我們都試過，還眞的有效，唯獨常備的蛇藥從沒派上用場，而且時間一久，書包裡的那塊木頭早就烏漆麻黑，還被便當流出來的油脂菜汁沾得又臭又髒，萬一眞的被蛇咬，大概也沒有人敢把它塞進嘴裡嚼。

一切要照天理

阿公常依他的直覺冒出一些奇怪的見解，但聽到的人經常的回應都是：「我聽你在講！」

早年吃雞肉是大事，只有過年過節不然就是貴客到訪，但即使是過年過節的時候，也是一人挾一塊之後就端走，因爲要留著以免萬一有來客，桌面太寒酸。

後來大家流行養飼料雞，過去到處亂跑的雞開始養在籠子裡，冬天還得裝燈泡以免牠們受涼。那樣的雞只管吃、管睡、管長肉，幾乎動也不動，所以俗稱「大憨雞」。

「大憨雞」眞會長，以前的雞再大也不過兩、三斤，「大憨雞」養到七、八斤很平常，於是過年過節雞肉解禁，又肥又厚的雞肉任你挾，大人絕對不會罵。阿公對這很有意見，說雞能長成這樣是「逆天理」，「這種雞肉吃太多……敢好？」旁人當下的回應當然是：「我聽你在講！」

多年後我們才知道，阿公的意見，其實是先知的預言。

阿公種菜依季節，什麼時候種、什麼時候成熟、什麼時候吃，一切「照天理」。一九七五年家裡從山上搬到瑞芳市區後，沒有地可以種菜，什麼菜都得到市場買。有一天一家人正吃飯，阿公忽然喃喃自語說：「現在很多怪病不好醫，你們知道爲什麼嗎？就是吃東西『逆天理』！冷天的菜熱天吃，熱天的菜冷天吃……這邊根本種不出來的咱也在吃！以後哦，十條命也不夠死！」

所有人都望向他，眼神分明就是說：「我聽你在講！」

他生病那一年，新臺幣千元大鈔正好開始發行，有個月初我領了薪水回瑞芳，趁新鮮給了阿公一張，阿公一看不但沒高興，反而說：「害啊！錢印這麼大一張，表示萬項即將開始漲，沒多久，又要準備四萬換一塊！」記得當時父親一樣看他一眼，冷冷地說：「阿爸，我聽你在講！時代不同啦！」

最疼愛的長孫買的一床棉被

我是長孫，所以阿公對我特別好，只要打零工有收入，總會偷偷塞錢給我，要去哪裡需要有個伴，帶的也永遠是我。

還記得四、五歲時，阿公背著我去九份看新劇，看完戲，到麵店切了一塊豬肝讓我一路咬回家。半途下起西北雨，他把我背在背上，用外套蓋著，一路跑到有應公的棚子下躲雨。至今都還記得他身上的汗味、他喘息的聲音，以及我臉頰在他短髮上摩擦的感覺，更記得雨停後遠處茶壺山上出現的雙層彩虹，和雨後山上松濤的聲音，以及大地清新的氣息。

十六歲到臺北工作後開始有收入，但每次回家他還是會把我拉到一旁，偷偷

問：「錢夠不夠用？在都市一出門就是錢……」

有一次接到家裡的限時信，說阿公來臺北幫人家守工地，需要棉被，要我買一床給他送去。他工作的地方在信義路三段的巷子裡，房子的水泥粗胚已完成，所以阿公是住在地下室和一樓連結的空間。我去的時候天已經暗了，屋裡只有一個垂掛著的五燭光燈泡泛著黃光，角落的地上是用水泥磚架上模板而成的床，上頭只有一張草席及一個用水泥袋塞滿報紙的枕頭，一件阿公已經穿了十幾年的外套則擱在一旁。

阿公在沒有門的門口煮東西，小烘爐上的鋁鍋冒著熱氣，他看到我的第一句話是：「你在臺北是都沒錢吃飯啊？瘦這麼多？」然後說：「阿公知道你今天會送被子來，特別走去一個大市場買雞肉給你補！」鋁鍋打開，裡頭是一大堆連著脖子的雞頭滷油豆腐。阿公一直誇說他沒有被都市人騙，說：「我知道如果只買一、兩個一定比較貴，所以我就跟他說：『我全部買你要算多少？』」問阿公爲什麼沒買蔬菜，他說：「逆天理！菜園隨便摘就有的，價格比雞肉還貴！」

我告訴阿公，往後幾天下班都來陪他吃晚飯，他開心地說：「我煮的菜好吃哦？我看你剛剛吃了三大碗！」我始終沒跟他說，那些雞脖子通常是整批賣給人家剁碎了當狗食。不過，阿公很會滷，滷得很夠味，很好吃。

我買去的那床棉被他蓋了很多年，後來即使重新翻製過，他也故意遺忘似地說：「阿欽買的這床棉被很實在，一直蓋不壞！」一直這麼叨唸著，或許是因爲他想不起最疼愛的這個孫子到底還曾經爲他做過什麼吧？

阿公入殮後，我們拆開被套和枕頭套準備拿去焚化，沒想到枕頭套一拉開，裡頭掉出來兩張千元鈔，那是我這輩子曾給過阿公的少數的錢，他竟然都沒花，嶄新地保留著。那兩張鈔票現在也還在書房櫥櫃裡的一個盒子裡，和爸媽的腳尾錢一起收著。

姨婆的綠竹筍乾和土雞

姨婆是外曾祖父最小的女兒，只大媽媽五、六歲。媽媽八歲的時候外婆就過世了，外公是招贅的，據說和外曾祖父始終不合，所以外婆一死他便遠走他鄉，把媽媽丟在內寮仔，讓她和十來歲的姨婆和外曾祖父，兩小一老相依為命。

外婆走得早，外公又離家，母親與姨婆從小同甘共苦，建立深厚情誼。每年端午節前後，姨婆都會帶母親最愛吃的筍子來看她，哪怕我搬新家、母親罹癌，祝福的心意仍伴隨著料理準時出現。

姨婆一輩子都住在貢寮山上一個叫「內寮仔」的地方。

在公路還沒闢建之前，去內寮仔只有一個方法，就是走路。小時候跟媽媽從貢寮火車站走過去，大約要花一個半小時，要是現在走的話，可能得花幾倍的時間吧？

姨婆是外曾祖父最小的女兒，只大媽媽五、六歲。媽媽八歲的時候外婆就過世了，外公是招贅的，據說和外曾祖父始終不合，所以外婆一死他便遠走他鄉，把媽媽丟在內寮仔，讓她和十來歲的姨婆和外曾祖父，兩小一老相依為命。

當時外曾祖父的身體已經不好了，所以生活的重擔便落在兩個小女孩的身上。媽媽說，那時候每隔幾天她就得和姨婆砍一棵杉木或一捆竹子，一前一後扛著，走一、兩個小時山路到貢寮去賣，然後用賣來的錢買米和其他生活必需品。

天黑後的熟悉聲音

這段生活歷程，媽媽生前講過不下數十遍，而且每講必哭，不過哭的並不是生活的苦，而是她和姨婆兩個人之間那種患難與共、相濡以沫的眷念和感動。她說生活的艱難不算什麼，最難挨的反而是外婆過世之後很長一段時間的驚恐，以及說不出口，在心裡對離家父親隱約的想念。

外婆病了很長一段時間後，在一個寒雨連綿的冬天過世。

媽媽說，冬天的山上約莫五點左右天就慢慢暗了，雨霧開始籠罩。外曾祖父很節儉，除非真的到了伸手不見五指，否則不准她們把油燈點上，每天就在天黑之後、點燈之前，以及熄燈上床之後的這段時間，媽媽總會聽見外婆生病時，那種類似喉嚨含著濃痰一般的呼吸和呻吟的聲音，那聲音好像來自屋裡，又像來自屋外已經暗黑的山林深處，來源不明卻又無所不在。

媽媽說，剛開始的時候她只是自己一個人害怕，後來發現只要這樣的時刻一到，姨婆總是一直跟在她身邊，拉著她的衣襟不放。

直到有一天夜裡，當她們把油燈吹熄上床之後，那個聲音再度出現，姨婆竟然抱著媽媽以顫抖的語氣問說：「kodo（媽媽的日文名字），我問妳，妳有沒有聽見什麼聲音？」

一直到那個夜晚，媽媽才知道原來那個聲音不是自己幻聽，而是她母親始終不曾離開，只是不知道是母親對這個女兒的不捨，抑或是對自己短暫的生命和不幸福婚姻的怨嘆。

之後的夜晚只要那個聲音出現，媽媽說，她就讓姨婆從背後抱著，閉著眼睛不看周圍，低聲唱著片片段段的歌，直到疲累，然後不自覺地睡去。

只是媽媽始終懷疑：外曾祖父到底有沒有聽見？或者就跟她一樣，聽見了，卻不敢跟別人說？

然而就在某個夜晚過後，那聲音從此消失了。

奇蹟似的三個聖筊

媽媽說那天一樣下著雨，霧氣很重，奇怪的是，天黑之後四周一片寂靜，長久以來已經習慣，準備要面對的聲音竟然沒有出現！而當她和姨婆坐在門口就著外頭的微光，吃著一碗只是拌著魚露的稀飯當晚餐時，遠處的雨霧裡忽然出現一個腳步匆忙的人影，一直到了近處，媽媽才發現，她的父親竟然回來了！

媽媽說，當時腦袋裡的第一個直覺是：「爸爸是回來帶我走嗎？要帶我離開這個令人恐懼的地方嗎？」

沒想到外公進門之後只問她說：「妳用什麼東西拜妳媽媽？」

媽媽說：「我們有什麼可以吃……就拜什麼！」

這時外曾祖父在屋裡的床上說話了：「你總算有良心了，在意你女兒的生死了？」

誰知道外公的回答卻是：「你女兒每天晚上來找我、鬧我，讓我沒辦法睡覺、讓我生病、沒辦法工作，說她穿不暖、吃不飽，說除非把她帶在身邊供養，否則她要讓我永無寧日、生不如死！」

外曾祖父堅持不肯，說外公自私，生前都已無情，今日又何必假有心？兩個大人吵到最後幾乎打起來，而媽媽和姨婆只能在一邊哭。

最後外曾祖父說話了，他要外公在外婆的牌位前擲筊，說如果能連續擲出三個聖筊他就認了，如果沒有，「今晚離開這個門之後，我們就是陌生人，不用再有任何牽絆！」

每次媽媽說起以下的過程根本就是電影畫面。

她說當時已經下了很久的雨，屋裡的泥巴地面既軟又溼，銅板擲落連跳都不跳，怎可能連續三個聖筊？

但外公似乎賭定了，他看了外曾祖父一眼之後，把靈桌上的油燈點亮，拿起牌位前的銅板拜了一拜就往空中拋。媽媽說，銅板落地之後果然就被泥巴黏在地上，但千眞萬確是一正一反的聖筊，而且就這樣連拋三次，三次都是聖筊！

最後外公把銅板撿起來，擱回牌位前，一句話也沒說地盯著外曾祖父看，好久好久之後只說了一句話：「菜籃子能不能借我一個？」外曾祖父一句話也沒回，就轉身走進房間裡。

後來外公就把外婆的牌位、香爐放進姨婆拿給他的菜籃子，沒有對象地說了聲：「我趕車班！」之後便提著菜籃走出門口，走進雨霧之中，從此沒再進過這個門，而外婆的聲音也從此消失，不再出現。

媽媽每次回顧這段往事，總是哭著抱怨她父親的無情，說整個過程不但沒有問她日子過得怎麼樣，沒有摸摸她、抱抱她，甚至「連正眼看我一下都沒有！」然而媽媽也無數次地這麼說，如果當時父親眞的帶她離開內寮仔，把姨婆獨自一人留在那裡的話，「日後想起來……絕對會是我一輩子的內疚和不安！」

姨婆的綠竹筍乾和土雞

姨婆個子矮，從小就有一隻眼睛看不見，她一直覺得媽媽既漂亮，腦袋又聰明、學東西快，因此認爲媽媽以後會很好命，嫁給很好的人。

媽媽十五歲被遠親收爲養女，然後以招贅的方式和父親結婚，終生操勞。姨婆很晚才結婚，嫁給同村子裡一個從小就認識的鄰居，然後一輩子住在那裡。

媽媽還在的時候，姨婆每年都會來找她，通常都是端午節前後，她知道媽媽愛吃筍子，所以會先晒一些桂竹筍乾，接著再晒綠竹筍乾，等這兩樣都準備好了，就殺幾隻自己養的雞，然後走一、兩個小時的路到貢寮搭火車到猴硐，再走一、兩個小時的山路到我們當時住的大粗坑。

通常她會在家裡住一個晚上，和媽媽說一整晚的話，她會不停地讚美媽媽能幹，說家裡整理得很整齊、乾淨，說自己什麼都不行。說媽媽好命，小孩都長得好，然後一個個抱著我們，淚汪汪地仔細瞧。

我搬家到新店不久之後媽媽就生病了，大腸癌。姨婆說要看媽媽和我的新房子，所以特地要她兒子開車載她來。那一次她準備了六份筍乾、六隻雞，我們五個兄弟姊妹外加媽媽一人一份。進門之後只不過在客廳才一站定，姨婆就跟媽媽說：「kodo，妳要滿足喔，可以住這麼好的房子呢，小時候的艱苦，現在都有價值了！」

任誰都聽得出，那是姨婆對她另一個異體生命真情的鼓舞。

這樣的季節總是會想起姨婆的綠竹筍乾和土雞一起燜煮的絕妙滋味，但卻又怕她知道我們是這樣地懷念著，因爲姨婆萬一知道的話，肯定會認眞地爲我們準備，而忘了自己此時的年紀和體力。

野菜，憋了幾十年的笑與淚

有一回上山找紅鳳菜，當我撥開濃密的茅草叢時，眼前忽然出現兩個光溜溜、白晰晰上下交疊起伏著的身體。那兩個人也許受到驚嚇吧，當下停住動作，不知所措地看著我。

老家的規矩是正月初一的早餐全家吃素，油腥不沾，一直要到午時開始的十一點之後才能開葷。

早年祖父母還在時，這個規矩行之甚嚴，初一一大早全家大小就被從床上挖起來，漱洗更衣，素菜祭神祭祖，然後乖乖地吃那一桌早已冷掉，而且和年夜飯相較之下根本毫無滋味的飯菜。

祖父母不在之後，規矩成了形式，初一早晨一樣素菜拜拜，但起床準備的是媽媽，負責拜拜，甚至最後意思意思吃一點的也是她，因爲父親可能在隔壁的麻將桌上還沒下來；其他小孩則賴在床上，非等到十一點過後才肯起來，因爲那個時辰已經開葷，年夜飯沒吃完的大魚大肉又已經熱騰騰地擺上桌。

欽仔，可以拜了哦！

小時候，年節祭品一旦準備好，都會聽見媽媽說：「阿爸，可以拜了哦！」後來變成：「科仔，可以拜了哦！」科仔是我父親的名字。而父親過世後隔年的正月初一清晨，當媽媽忽然在房間門口輕聲地喚我，說：「欽仔，可以拜了哦，你要不要起來？」

那一剎那，才突然發現自己的「身分」已然不同，某種責任伴隨著些許莫名的「榮耀」讓自己似乎毫無推託的餘地，一下子就從床上爬起來，更衣、漱洗之後恭敬地點香祭拜，而也在那一刻才覺得，在這個家裡頭，自己不折不扣是眞正的「大人」了。

始終記得那個早晨那種美好而悠遠的氛圍。

外頭冷雨靜靜地下著，遠處有斷續的爆竹聲，屋裡彌漫著線香的氣味，也許怕吵醒還在睡夢中的兒女、媳婦和孫子吧，媽媽跟我輕聲地聊天，說往事、說記憶，但「發語詞」卻已不是她一向慣用的「你們都不知道，我以前啊……」而是「你還記得嗎？我們以前啊……」那一刻我們之間好像不似母子，倒像是擁有某些共同記憶的平輩一般。

我們從吃素說起，一起回憶著過去的年代裡，曾經吃過而今卻已逐漸淡忘的一些粗食野菜。

「你還記得……我們以前吃過『豆葉』和『豆頭』嗎？」媽媽說。

黯淡燈光下的一屋愁容

豆頭我當然記得，就是做豆漿、豆腐時所殘留的豆渣。

豆渣的來源有兩個，一個是賣豆腐的小販順便挑來賣的，但也是半賣半相送，因為那些豆渣最後的出路，不是當堆肥就是餵牲畜罷了；另一個來源，就是隔壁鄰居有人自己做豆腐之後分送的。

豆頭的吃法只有一種，就是在鍋裡放點油下去炒，炒到水分全乾的時候也差不多熟了，然後有蔥花撒點蔥花，沒有的話，光撒點鹽巴也就上桌了。

豆頭平日並不常見，所以口感、滋味對小孩來說還算新鮮，因此並不排斥。

「你爸爸可不這樣覺得……」媽媽說：「有一次，他下工回來，進了浴室卻沒動靜，我覺得奇怪，推門進去看，發現他坐在浴盆邊發呆，問他爲什麼，他說看到餐桌上只有兩道菜，一道是鹹豆豉，一道是炒豆頭，說一個男人讓家人的日子這樣過，早就該去切腹！我也不知道該說什麼，就只能陪他坐在那裡哭。」

「你爸爸這輩子啊……」媽媽說：「有志氣，但就是缺運氣。」

至於豆葉……若非媽媽提起，我可眞的沒有任何記憶。

豆葉，就是菜豆的葉子，長得像楓葉，葉脈很粗，所以摘回來之後，必須先抓掉葉脈。吃法有兩種，一是煮湯，就是水煮豆葉加上鹽巴和幾滴油，既是湯也是菜。另一種吃法，則是切碎略炒加水滾開之後，淋上番薯粉做成羹，澆在白飯上頭吃。

豆葉很粗糙，吃在嘴裡感覺像在吃草。小孩其實很敏感，一旦吃豆葉就知道家裡「窮」，所以飯碗一端起，兩眼淚汪汪，而那時候媽媽通常會發脾氣，罵說：「不吃就餓死，投胎去當有錢人兒女！」

或許豆葉伴隨的記憶，通常是黯淡的燈光下一屋子的愁容吧，所以這道菜早

已被自己選擇性地遺忘了。

媽媽沒有忘，那個正月初一的早上，她說：「當我那樣罵你們的時候，其實我心裡也在哭，你們哭的可能只是一餐飯，而我哭的卻是明天、後天，未來久久長長的日子，我們到底有沒有能力把你們養大？」

憋了幾十年的笑與淚

比起豆頭和豆葉，紅鳳菜的記憶就可口也愉悅得多。

當年村子裡的紅鳳菜不用買，而是去山上摘。

紅鳳菜通常長在茅草叢裡陰陰溼

溼的縫隙中，那種地方也是蛇類最喜歡的隱藏處，所以每當媽媽說：「晚上沒菜，去摘一些紅鳳菜回來！」之後必然會以另一種關愛的語氣囑咐道：「帶根棍子先把草叢動一動，可不要被蛇咬到，我跟你說！」

平時爸媽不許我們往山上跑，唯獨砍柴和摘紅鳳菜是例外，所以即便聽到「晚上沒菜」難免有些莫名的憂傷，但手拿籃子迎著夕陽的餘光走向山邊時，總有一種「共赴家難」的悲壯。

野生的紅鳳菜通常長成藤蔓狀，我們只摘前面那段有嫩葉的部分，老梗留著讓它長新芽。運氣好的時候，可能找到聚生的一大叢，三兩下就摘得滿滿的一籃子，多出來的時間就用來找「刺波」（一種長在帶刺藤蔓上的紅色莓果），或者挖「桂仔根」（野生肉桂樹的根，香味濃烈，辛辣而且有甜味）當零嘴。

紅鳳菜柔軟、鮮嫩口感好，快炒好吃，水煮濾乾之後，加蒜末、醬油和一點油拌一拌也好吃。即便菜吃光了，把盤底的紫色菜湯澆在白飯上，更有一種特別的美感，光那樣的顏色和鹹味，還可以讓你扒下一碗飯。

有一回上山找紅鳳菜，當我撥開濃密的茅草叢時，眼前忽然出現兩個光溜溜、白晰晰上下交疊起伏著的身體。那兩個人也許受到驚嚇吧，當下停住動作，不知所措地看著我。上面的男人是鄰居的伯伯，下面的女人則是住在離我家稍遠一點，一個人家的太太。

我們三個人都沉默著，現場出奇地安靜，只有晚風拂過茅草的沙沙聲。

後來我看到那個女人把臉偏了過去，像是在躲避我的視線，伯伯則像在調整呼吸，好一會兒才開口說：「你不要怕！阿伯只是在幫阿姨注射（打針），快好了，你不要看，先回家！」

那時候我應該十歲不到，什麼都不懂，回到家也不管屋外一群人，竟然就跟媽媽說：「我在山上遇到××阿伯呢，他在幫××阿姨注射，兩個人都沒穿衣服！」

只記得屋外所有人的表情就像不久之前的伯伯一樣，楞楞地看著我。

媽媽說：「你胡說！小孩子白賊！」

我生氣了，更大聲地辯解說：「我沒有白賊！不信阿伯回來你問他！」

記得話還沒說完，媽媽就衝過來掩住我的嘴把我往屋裡拉，表情並不像眞的在生氣，反而像是憋住氣或憋住笑一般，整個臉脹得通紅，可還是大聲地說：「你死孩子，亂說些什麼！」

或許已經憋了幾十年吧，重聽這個故事之後，媽媽再也忍不住了，她大笑起來，笑到眼淚都流出來，抽著面紙猛擦，笑到所有人都被吵醒了。

臥室裡有人問：「媽，妳在笑什麼？」

沒想到，媽媽卻理直氣壯地說：「我哪有在笑？我在哭。你哥哥剛剛在講以前很窮，我們吃豆頭和豆葉的故事！」

有客來，殺椅子、煮木屐

只要認出山路上走來的是誰家的客人時，總有人會倉皇地說：「死啦，死啦，準備要『tai 椅子、sar 木屐啦！』」著急的語氣其實是一種動員召集，通常客人都還沒進門，菜單就已搞定，而其中當然不會有椅子與木屐。

「大粗坑」是一個礦村，坐落在九份與猴硐之間的山谷裡，是基隆支河流大粗坑溪的發源地，一〇二號公路的海拔最高處。終年車輛稀落的這條公路，從村子上頭的山邊蜿蜒而過，途經牡丹、頂雙溪後，到貢寮附近與北部濱海公路會合。

這個村落除了黃金之外，別無其他產出。

它在的行政區域名稱叫「瑞芳鎮大山里」，繁盛時全村大約有三、四百戶人家，不過，這都已經是歷史了。

一九七五年前後，因爲礦脈衰竭，礦工生活無以爲繼，全村陸續搬空之後，「大山里」這三個字就被行政單位給永遠除名了。

在那麼一個偏遠的礦村裡過活，首要條件是每個人都必須要有一雙矯健的腿，因爲那是對外唯一的交通工具。

一家客人來，半個村子動

採購生活所需或者看電影、看醫生，我們通常去九份。從大粗坑到那兒是連綿無盡的石階，先上坡後下坡，單趟約需四十分鐘。

猴硐則是我們上課的地方以及遠行的起點，因爲那裡有小學與火車站。從村子沿著大粗坑溪旁，同樣是連綿不斷的石階，下到那兒同樣也要四十分鐘，不過回程全是上坡，所以時間必須加倍。

這樣的村落談不上什麼「生活機能」，日常的米油鹽醬醋茶靠的是一家小雜貨店供應。柴呢？你或許會問，對不起，我們不燒柴，燒煤，煤炭得去猴硐買，用麻袋一袋一袋背上來。

生鮮魚肉與青菜是有固定的小販會來，早上有「賣菜木」的青菜、「石猴」的豬肉，午後則有「青暝端仔」的魚與「豬頭皮仔」的豬頭皮。不過要有這些油腥的先決條件是要有錢，所以通常是初一、十五「犒軍」，家裡才不得不買一點或賒一點，至於平常日子，餐桌上不是蘿蔔乾，就是不同種類的「醬鹹」。

這樣的村落、這樣的生活與經濟狀態，人們最尷尬的時刻，似乎就是家裡忽然來了訪客。

那年代人情濃，只要有遠客，再怎樣好像也都得給人家一杯酒、一頓飽，問題是臨時的酒菜該打哪兒來？

因此，只要認出山路上走來的是誰家的客人時，總有人會倉皇地說：「死啦，死啦，準備要『tai 椅子、sar 木屐啦！』」

著急的語氣其實是一種動員召集，通常客人都還沒進門，菜單就已搞定，而其中當然不會有椅子與木屐。

鄰居聞聲聚集後，紛紛出主意。「啊，早上我買了一塊五花肉，剛好還沒煮！」「我醃了兩條烏喉，只是有點鹹。」「我家的雞早上生了幾顆蛋，拿去弄個冬粉蛋花湯！」「我有一包高麗菜乾，和一尾魷魚可以拿去先泡水！」

接下來受命的是小孩。

「趕快去秀珠那兒，賒兩瓶汽水、一瓶紅露酒，還有冬粉、米粉、魚罐頭！

你給我小心走，瓶子摔破我就打爛你的頭！」

總之是一家客人來，半個村子動，客人才入門，大灶已生火，女人廚房忙，男人客廳坐。最後酒菜上了桌，小孩門外頻探頭，眼睛盯著沒喝完的汽水看，一邊貪婪地聞著久違的魚肉香。

人客把魚仔翻邊了啦！

來客的緣由千百種，有討債的、有敘舊的、有相親的、有外出的兒子帶著女友回來給雙親鑑定的，更有懷孕的女兒帶著冤親債主進門請罪的。

於是客廳成了舞臺，隔著木板牆的廚房則是觀眾席，左右鄰居藉故進門擠在那兒聽，甚至透過木板的縫隙朝著特定的目標瞄。

然而兩邊的情緒可不一定同調，比如舞臺那邊可能只是暗示眼前手頭緊，舊債能否多少還一點，而這邊的女主人卻已淚流滿面，既感謝人家當初的幫贊，又愧疚此刻的無能。

比如讓女兒懷孕的男子分明在那邊誠懇地表示願意負責，這邊的女眷卻對他的長相、態度有意見，甚至齊聲詛咒他的無德。

至於門外的小孩，始終關心的是客人的伴手與桌上的菜。

記得有一回家裡客人來，同樣的流程走一遍，弟弟盯上盤子裡一條鄰居贊助的馬頭魚，一直吵著要吃，祖母拉他到門外，說：「客人很客氣，通常只會吃一面，剩下的另一面就是你的！」

弟弟可認眞，一直注視著客人的舉動，沒想到那回的客人還眞吃上癮，吃完一邊之後豪邁地翻，弟弟當下絕望地哀號道：「阿嬤，人客把魚仔翻邊了啦！」

這件事讓我記憶深刻，後來還提供給王童導演，放在《稻草人》那部電影裡，試片時眾人看了笑，唯獨我覺得辛酸。

白切肉、炒米粉、魚罐頭，冬粉湯配上紅露酒，臨時拼湊的宴席的氣味裡，似乎總有一個故事在醞釀，幾種情緒在發散，但最深刻的記憶依然是那句話：「客人來了，準備殺椅子、煮木屐！」

總覺得那是當年那群人生活態度上的直接顯現：貧窮卻有尊嚴，匱乏而不絕望。

臺北來的美國罐頭

她是我姑婆的養女，很小就到臺北幫傭，之後據說經歷過幾個男人才終於安定下來，經濟狀況也讓她覺得有面子、有自信了吧，於是便開始不定期的「返鄉省親」。

有一次她回來的時候，給老人家們帶了許多美國的肉罐頭……

第一次到臺北，是小學四年級的「遠足」。前一夜興奮到睡不著，一直起來看鐘，一直被罵。不過興奮的好像不只我一個，清晨五點四十分的火車，學校規定五點二十集合，雖然從村子到火車站需要一小時腳程，但三點剛過，門口卻已經有來來去去的腳步聲，壓低嗓音喚道：「阿欽，你起來了沒有？」

臺北一天，能去的地方不多，圓山動物園、兒童樂園，午餐過後則是去新公園的博物館看文物，不過小朋友都覺得外面擺放的老火車頭似乎有趣得多。

至於在這之前曾經聽說過，並且充滿想像的「大稻埕」、「塔庫西」（taxi）、「中山北路」、「×條通」……老師並沒有帶我們去，問他，他好像也不懂。

這些陌生的名詞是聽自一個很遠很遠的親戚。

嘴裡永遠是臺北的事

她是我姑婆的養女，很小就到臺北幫傭，後來好像跟男人跑了，從此就與姑婆家斷絕聯繫。之後據說經歷過幾個男人才終於安定下來，而經濟狀況也讓她覺得有面子、有自信了吧，於是便開始不定期的「返鄉省親」。

她好像每隔一兩年便會無預告地回山上一次，每次都是帶著一大堆禮物，從瑞芳直接坐出租的黑頭車上山來。

那年代的黑頭車，完全是有錢階級的特殊符號，所以當車子一出現在崙頂的公路上，便吸引了全村人的眼光。

而她似乎也非常享受那段從下車一路走到姑婆家的過程。她會向每一位目光所及的人介紹自己，說：「我是××的女兒啦，從臺北回來看阮阿母！」以及某些現在回想起來無不帶著炫耀意味的話。比如：「啊，還是山上好，山上涼，臺北的樓仔厝住到怕，太熱了！」「現在車子都漲價了，一趟一百塊，一百塊！我弟弟在這裡要做工做三天呢，但爲了看阿母，也不能省啦，你說對不對？」

如果你問我爲什麼知道過程這些話，那是因爲姑婆只要在山下遠遠地認出是她來，就會要我們跑去幫她拎行李。

早先還挺喜歡那樣的差事，因爲一到家就會有禮物，比如鉛筆、泡泡糖、巧克力。不過有時候也可能是一些亂七八糟的東西，比如不知用途的彩色玻璃、風景畫片，有一次甚至還拿到一本英文的百貨目錄，但對我們來說，這些都來自「都市」，一切都新鮮、一切都有價值。

不過長大之後，有些話、有些事慢慢聽懂了、看懂了，或者長了個頭之後也長了心眼，因此對這個人與她的禮物，不僅失去興趣，甚至還有一點點莫名的排斥甚至厭惡。

她的嘴巴裡，永遠都是臺北的事：出入坐「塔庫西」，去「大稻埕」買東西，在「波麗路」用刀吃西餐之類的。隨著時間經過，話裡頭慢慢出現了美軍顧問團、晴光市場以及意義不明的ＰＸ（美軍福利社的英文縮寫）等等這些名詞。

她有點得意地說，她那位我們從未見過的先生，現在在跟美國人做事，那是一九七〇年代中期的事。

「美國風」的禮物

或許是這樣吧，有一次她回來的時候，「禮物」的內容也有顯著的不同。記得她帶了兩瓶「美國沙士」，十幾個小孩分著喝，我放棄，所以不知道味道如何。她給大人們帶了很多衣服與陸軍綠的毛襪子，可是型號大到離譜，鄰居開玩笑說：「正常啦，你們沒聽說，『美國西裝～～大輸（很大套）！』」

另外，她也給老人家們帶了許多美國的肉罐頭，說那個不便宜，要老人家留著當「私菜」，補營養，小孩偶爾犒賞一下，意思意思就可以了，否則再多也不夠他們吃。

阿嬤也分到了幾罐，但她與姑姑住，所以我們連「聞香」的機會也沒有。只聽她對鄰居說，罐頭有腥味，而且她也捨不得直接吃，都是混上鹹豆豉隔水蒸，這樣不但可以去腥氣而且不會壞，一罐可以吃更久。她還說，「莫怪」美國人都長那麼勇，吃了美國罐頭肉之後，「腳有力氣多了，爬石階都不會瘆！」

阿公跟我們住，他沒分到罐頭，也不知道是不是心理不平衡，聽阿嬤這麼講，很不以爲然地啐了一口說：「美國屎就卡香！」

那年父親運氣不好，在礦坑被落石壓斷腿，礦工醫院沒弄好，轉羅東聖母醫院繼續治療。母親不得不把工作也停了，到醫院照顧他。

走之前她交代說，米沒了就去雜貨店賒，至於菜，她扛了一大包高麗菜乾回來，說應該夠我們吃上一週，一週後，「我會帶很多魚和肉回來！」她這樣說的時候，弟弟妹妹都既高興又期待，只有我一陣心酸。

母親一走，我們開始了三餐都是高麗菜乾的日子。炒高麗菜乾與高麗菜乾湯，是桌上唯一的菜。第三天弟妹開始含著眼淚吃，第四天小妹妹完全拒吃，怎麼勸怎麼哭，阿公把高麗菜乾在白飯上鋪成一朵花，騙她是西餐，她也完全不甩。

阿嬤或許聽到我翻臉罵人的聲音吧，過門來探視，看了桌上的菜一眼，就要我去姑婆那裡拿一罐美國罐頭下來，「用鹹豆豉蒸一蒸！大家省省地吃。」她說。

美國罐頭的 size 不像那些衣服、襪子，並沒有特別大，就與我們的鳳梨罐頭差不多。我舀了豆豉裝進碗公之後開罐頭，弟弟妹妹興奮地圍著看、圍著等。阿公先前既然說過人家「美國屎比較香」，所以表示沒興趣，自己先吃完飯，去隔壁喝茶、聊天。

那時候我已念初中，英文稍稍懂，一邊開罐頭一邊好奇地看著外頭的字，好死不死偏偏上頭有幾個字正好才學過：For pet。

那一剎那我完全愣住了。不否認那樣的年紀面對這樣的事，總難免挾帶著對某人既定的壞印象，當下一股被輕視、被侮辱的憤恨與惱怒，從胸口爆發開來，記得之後的動作是拿著還沒完全打開的罐頭衝到門外，用力地把它丟到山坡下的雜木林裡，一邊大聲地吼道：「×××！拿這種畜生的罐頭來給我們吃！×××！」

之後是一場大亂。弟妹大哭，也不知道是失望，還是被我突然的發飆給嚇到。阿公、阿嬤衝進門，問清原委之後，阿嬤氣到一直打我，說：「你讀幾年書就比較懂？我活到這麼老也沒聽過貓仔、狗仔吃罐頭！你就假博裝懂！」阿公好像也沒完全站在我這邊，說：「總是可以吃的東西，你就這樣丟？也不怕被雷公打？」

鄰居相繼介入，他們責備我的主題則是：「阿嬤都捨不得吃的東西……你這

樣對待？」

接下來的畫面像電影，我在屋裡吃冷飯配高麗菜，偶爾抬頭看向門外，看見大人拿著礦石燈與手電筒在雜木叢裡尋找那個罐頭，晃動的微光偶爾會灑到等在屋外的阿嬤與弟妹們的身上，妹妹的淚痕未乾。

那罐頭後來一直沒找到。阿嬤堅持把剩下的罐頭吃完，阿公依然不吃，但理由改了，說：「畜生吃的東西才要分給我！」

一週後母親回來了，果然沒帶魚也沒帶肉，只帶了炸豬皮與油豆腐，但弟妹們吃得開心，開心到忘了告狀。

母親好像知道這件事，她只對我說了一句話，而這句話也得要多年之後我才完全懂。

她說：「人家也是好意。雖然是臺北人，也有很多東西她不懂。她只是不知道自己不懂，她不是故意的。」

牛肉湯，禁忌的滋味

那個年齡的孩子似乎特別喜歡做一些「大人不許你去做的事」，加上父母不在身邊，所以對四處看得到的「牛肉麵」三個字，就和「看禁書」一樣，充滿著讓人想偷偷背叛或犯罪的挑逗意味。

你挑不挑食？每當人家這麼問，嘴裡說：「沒有！沒有！」的時候，心裡其實有點虛，因爲很多別人習以爲常的食物，對我來說還是一直無法入口，譬如羊肉、乳鴿、鱉等等，十八歲之前還多了一樣：牛肉。

記憶裡的父親是一個不太會講故事的人，唯獨講起小時候在嘉義鄉下和一頭牛相處的經過時，總是講得充滿細節與情感。尤其是講到那頭牛老到無法耕作，祖父最後決定賣掉，牛販來牽走的那個清早，他看到牛在牛棚裡四隻腳撐住地面不走，「我阿爸一直在旁邊罵牠，說：『開腳行啦，跟人家去好命！』然後我看到牛轉頭看著我這邊，竟然在流眼淚，於是我也跟著哭……」等等的畫面和情境時，我都還記得父親眼眶泛紅、淚光閃閃的樣子。

而每回講完這段故事之後，他都習慣加上一句：「所以，我這世人絕對不會去吃牛！」然後看著孩子們說：「你們最好也不要，吃牛的，沒血沒眼淚！」

誤嘗禁忌的懊惱和失落

或許是懍於這種教誨，更或許是想到牛那種沉默勞動的模樣，和那雙善良到不行的眼睛吧，於是本能地也把吃牛肉這件事，當成一種禁忌，甚或罪惡。

十六歲到臺北工作，那個年齡的孩子似乎特別喜歡做一些「大人不許你去做的事」，加上父母不在身邊，所以對四處看得到的「牛肉麵」三個字，就和「看禁書」一樣，充滿著讓人想偷偷背叛或犯罪的挑逗意味。

最後禁書看了不少，比如《查泰萊夫人的情人》和《心鎖》，但牛肉麵卻還是不敢嘗試。價錢固然是原因之一，更重要的是類似「吃恩人的肉」的那種心理障礙，始終無法克服。

大約兩年之後吧，記得是補校高二的時候，某個週末傍晚，室友硬是要我跟他一起去吃麵，原因是他喜歡上一個女孩，那女孩家開麵店，假日會在店裡幫忙，他想去看她一眼，但一個人去企圖太明顯，所以得找另一個人當掩護。

我沒有不去的理由，因爲也想看看迷倒朋友的女孩到底長怎樣，以及更重要的是，可以撈一頓免費的晚餐。

一到了目的地才發現，那是一家牛肉麵店！

女孩一看到室友，假裝沒事般過來點餐，而室友光和那女孩來回「諮詢」各種麵的特色和差異，就花了很長的時間。最後我還是忝好種地避開跟牛有關的種類，點了很平常的榨菜肉絲麵，室友點的是牛筋牛肉麵，以及從沒吃過的粉蒸。

麵來了，那個湯頭簡直是極品，至於那個叫做「粉蒸」的東西更是迷人，入口軟嫩，連下頭墊著的芋頭好像都吸足了上頭的肉汁，因而特別鮮美。

可是當我看到室友挾起一塊牛肉吸入嘴裡，快意地咀嚼起來時，忽然出現一種詭異的噁心感。

室友也許察覺我的表情有異，問說：「怎樣？」

我說：「我看你吃牛，覺得……好像在吃一個恩人身上的肉。」

室友很不爽地瞪著我，然後說：「×！你不是也吃了？而且還喝牠骨頭熬出來的湯！」

「哪有？我吃的是榨菜肉絲麵！」我說。

「可是那個湯是牛肉湯啊！你還一直讚美它好喝，而且……」室友說：「這個粉蒸牛肉你吃得可比我還多！」

那天晚上發現自己非但沒有「偷偷背叛或犯罪」的刺激和興奮感，多的反而是之後室友多次抱怨的，「感覺好像是我把你這個處男拐去嫖妓」的懊惱和失落！

對禁忌的完全失守

室友後來和那女孩交往過一陣子，或許是眷念著那個湯頭的滋味，或許是那女孩會偷偷給我們折扣，更或許是室友說的「反正你都已經不是處男了，還在乎什麼貞操？」的言語刺激，之後我對牛肉的禁忌便完全失守了。

然而很虛僞的是，在父親跟前我還是非常機警地，絕不觸及跟牛肉有關的任何事，因爲在這之後父親不知道又講過多少次他小時候和牛之間的故事，並且重複地說：「吃牛的，沒血沒眼淚！」

有了孫子，有了異國的速食連鎖店之後，父親似乎也無法守住他的原則了。

有一次帶小孩回瑞芳，父親用腳踏車載他出去逛，回來的時候，發現小孩手裡拿著的竟然是一個牛肉漢堡。

「爸，這是牛肉的耶！」我說。

「我知道啊，」父親說：「啊他說他要這個，我有什麼法度？」

然後，他帶著微笑看著大口大口咬著牛肉漢堡，一邊喝著可樂的孫子，自言自語地說：「這批小孩，一定是那些在越南戰死的美國兵轉世的，不然……我們從來沒有吃過牛肉給他看，爲什麼他會愛吃這種東西？」

忽然覺得，父親好像早就知道我們已經背叛了他的教誨，而他這句話其實是極其痛心、極其深沉，卻也極其無力的責備。

酸

第三部

初見這
新奇的世界

加料也加關懷的米粉湯

穿著圍兜的她站在陽光下，用手臂擋著陽光，
很大聲地說：「要乖哦！不要做歹哦，
若有經過這裡，要來給歐巴桑看看哦，知道否？」

那時是島內移民的高峰，六月的驪歌剛唱完，無數小學畢業或初中畢業的男孩女孩，便提著各色各樣的包袱從臺灣各地往臺北聚集，透過後火車站一整排簡陋的職業介紹所的安排（或欺騙），開始他們另一階段的人生，進工廠、當學徒、幫傭，甚至墮入花街。

雖然都只不過是一群十三到十六歲的孩子，但面對未知的將來，多數的他們或許有猶豫但並不恐懼，更沒有抱怨。

不恐懼，是那樣的年紀根本都還不知道這個社會存在著現實和陰暗的一面。

不抱怨，是他們覺得那是一條必然的人生路，因爲大多數同學及村裡的哥哥

姊姊們也是這樣走著。

我幸運地比別人多念了三年初中，所以十六歲才到臺北，第一份工作月薪三百元。那是一九六七年夏天的事。

加料的米粉湯

領到薪水後，固定的「行程」通常是先到郵局寄一百五十塊回家，接著買未來一個月得用到的牙膏一支、一包三個的檸檬香皂一包，然後去理髮。

理髮光理不洗的話可以省五塊，就因爲是省下來的錢，所以拿來滿足一下自己的口腹之欲好像也就比較沒有罪惡感。

五塊錢，六十分之一的薪水，東門菜市場外的米粉湯對當時的我來說，是每個月一次的奢華滋味。

五塊錢，可以吃到一碗米粉湯，以及一份豬肺和一份豬大腸。

十六、七歲正瘋長，肚子好像老是塡不滿。

「不滿」並不是不飽，而是一種對動物性脂肪和蛋白質本能的需求，而米粉湯裡混合著的各種「肉味」以及大腸飽滿的油脂和嚼勁、豬肺軟嫩的口感，至少能以七分眞實、三分自我沉醉和欺瞞的方式，滿足那樣的渴望。

賣米粉湯的是一個慈祥的婦人和她剛退伍的兒子，攤位乾淨、清爽，薑絲切得極細，自調的蘸醬更是美味，更特別的是這對母子習慣主動和客人寒暄、聊天。

有一次，也許看到我穿的是拆掉學號的舊制服吧，婦人沒歇下手邊的工作，問說：「你也是剛出來吃頭路的嗎？基隆中學？很好的學校啊，怎沒繼續念高中？」

當自己的鼻頭忽然一陣酸，也不知道該怎麼回答時，她已經切了幾塊肝連放上碟子，說：「會替家裡想的孩子都有賞！你這麼瘦，歐巴桑幫你媽媽替你補一補！」

記得那天走回工作的地方時，新理的頭雖然有點涼，但心裡卻有溫暖。

一年多後換工作，即將離開那地方，臨走前去吃最後的一次。那時候彼此都熟了，知道他們也是「出外人」，來自雲林褒忠。

那天，直到最後吃完付了錢，我才跟他們說，新工作在城市西邊，離這裡遠，可能再也沒機會來吃了。

記得婦人那種有點訝異的眼神，她稍稍楞了幾秒鐘，之後馬上從口袋裡掏出剛收進去的錢，說：「這次歐巴桑請你，當作咱的緣分！」

我當然不能拿，急著離開攤位，沒想到她竟然追了出來，說：「你這樣就不乖哦！無采我一直稱讚你！你這麼不聽歐巴桑的話！」

我又跑了一段距離才停步回頭看，穿著圍兜的她站在陽光下，用手臂擋著陽光，很大聲地說：「要乖哦！不要做歹哦，若有經過這裡，要來給歐巴桑看看哦，知道否？」

始終記得那樣的畫面，始終記得那個年代那種人與人之間近乎直覺的「默契」，比如不必多想我就知道這一餐她一定不肯拿我的錢，所以在走進攤位前，我就已決定在付完錢後才跟她道別並致謝。

只是想來讓歐巴桑看看

再次到東門市場外已是兩年多之後的事。

米粉湯的攤位不見了，市場的人說是警察取締了，市場外已經不允許擺攤子，那對母子搬回去三重他們住家附近做生意，確定的地址也沒人清楚。

他們問說：「找他們有什麼事？」

我搖搖頭，因爲我實在很難開口跟他們說：

「哦，我是想來讓歐巴桑看看，然後跟她說，我繼續念書了，念高中夜間部，我有乖乖，我沒變歹。」

從此之後，米粉湯攤位的氣味便成了一種思念、一種慰藉，甚至始終是一種奢華的滋味。

一九八四年移居新店，意外地在老街看到同樣是一對母子經營的米粉湯店。

那母親的臉孔和身影像極了當年的歐巴桑，若非那兒子也許生意忙所以老是一張沒表情的臉，否則我還以爲是當年東門市場外的母子轉到這兒開張。

當年一碗一塊錢的米粉湯現在賣十塊，大腸、豬肺每份二十元。記得有一天嘴巴貪，付帳的時候發現一家三口人竟然吃了兩百多，我不自覺地隨口說：「哇！太奢侈了！」沒想到那母親竟然一臉訝異地看著我。

很難跟她解釋的是，那剎那我忽然想到，這一餐，我們吃掉的可是當年初出社會的我幾乎一個月的薪水。

那些膚色比臺北人深一些的孩子們

那天我們進去的時候，一個矮個子的服務生正被其他人圍剿，好像是點錯菜又搶了別人先點的東西，師兄們不但罵，甚至還輪番用「五斤枷」敲他的頭，他一直用手護著，卻一直被掰開，然後我們聽到他帶著哭聲重複地說：「他們都說日本話，我哪聽得懂？我哪聽得懂？」

一九六九年秋天，在失學兩年之後，我終於有機會重回學校。白天工作，晚上則進補校念高中普通科，開始了之後包括五年大學夜間部在內，長達八年的工讀生活。

當時的薪水比起兩年前第一份工作的三百塊當然多出許多，不過同時卻也增加了房租和學費的開銷，因此並沒有寬裕多少，但精神上倒是挺高昂而且滿足，因爲當時曾經那麼單純地相信著，只要可以繼續讀書，未來就不會沒有希望。

那時候我租雅房住在吳興街，隔壁的室友來自恆春，和我同年「同命」，也是初中畢業之後就來臺北工作，一樣半工半讀，只是不同學校不同科，他念的是電子。

恆春仔喜歡看棒球，我喜歡看電影，所以星期假日兩個窮小子的娛樂不是去市立棒球場看免費的比賽，就是去附近的「青康」看電影。

像不像兩年前的我們？

青康在敦化北路幼獅電臺隔壁，設備很陽春，當時一張票七塊錢，兩部電影連續放，而且不清場，所以一旦遇到喜歡的電影，我們通常會連續看兩遍，一連看四場，從進場時的豔陽高照看到出場時的滿天星斗，加上劇情畫面仍在眼前持續停留，於是出了戲院的剎那，經常會有一種恍如隔世、不知身在何處的虛無感。

喜歡電影卻很少去西門町的首輪戲院看，因爲票價對我們來說太貴了，一場首輪可以看五、六場青康，所以「哪天口袋有錢，我們一定要去西門町看電影、吃西餐」成了恆春仔的口頭禪。

如果沒記錯的話，後來好像是《屋頂上的提琴手》這部電影上演的時候吧，兩個人同時都聽彼此的同學說好看，加上月初剛領錢，於是就在某個星期天，兩

個已經耐不住焦望的小子，心一橫就往西門町闖。

電影看完，恆春仔卻忘了那個始終念茲在茲的，吃西餐的願望，反而問我：「要不要去吃快餐？」然後我們進了一家日式食堂，叫作「美觀園」。

當年的美觀園眞是大眾化到一種近乎草莽的程度，服務生是一群年齡和我們相近的孩子，經常毫無顧忌地一邊招呼客人一邊彼此吵嘴，有時候甚至是站在客人身邊也能一轉頭一連串的髒話罵出口，而客人似乎也習慣了，絕不會誤以爲是在幹譙他們。

那天我們進去的時候，一個矮個子的服務生正被其他人圍剿，好像是點錯菜又搶了別人先點的東西，師兄們不但罵，甚至還輪番用「五斤枷」敲他的頭，他一直用手護著，卻一直被掰開，然後我們聽到他帶著哭聲重複地說：「他們都說日本話，我哪聽得懂？我哪聽得懂？」而師兄們也學他的哭腔重複地說：

「啊你是頭殼裝屎！頭殼裝屎！」

後來領班下樓罵人了，所有人才散開，而男孩認命地走到我們的桌邊來。

他把菜單拿給我們看，然後安靜地站在那邊用袖子擦眼淚。他穿著一件拆去學號的中學舊夾克，一條油漬斑駁的卡其學生褲，腳上是髒兮兮的藍白拖，而頭髮一看就是從光頭直接竄長的模樣。

我在等曾經來過幾次的恆春仔點菜，沒想到他卻一直偷偷地瞄著那男孩。男孩一直低頭摳著指縫，並且斷續抽咽著，好久之後才突然

回魂一般，沙啞地問我們吃什麼。

「快餐兩份。」恆春仔說。

男孩一聽竟然稍稍笑了起來，說：「這個最簡單！」然後便很有自信地走向櫃檯，一邊大聲地喊道：「八番，lunch 兩份！」

恆春仔看看我，忽然說：「像不像兩年前的我們？」

像。

兩年前的我們也是這樣，頭髮長長了，天氣轉涼之後把包袱裡的學校夾克翻出來，仔細地用刀片把繡在上頭的學號挑掉之後穿起來。

卡其褲、藍夾克、膚色比臺北人來得深一些的孩子們分布在城市的各個角落，在鐵工廠、在修車間，在水電行……在師傅的咒罵聲中慢慢成長。

美觀園還在，但男孩都老了

著名的美觀園快餐來了，用模子蓋出來的船型白飯，一大坨切得細細的高麗菜絲覆蓋著一片炸得金黃並且塗著番茄醬的豬排，旁邊則是圓形的 ham 一片，上頭一坨美乃滋，正好可以和著高麗菜絲吃。點其他餐服務生送來的餐具是筷子，而快餐卻是送刀叉。我們笨拙地切著豬排，把盤子切得吱吱響。

「我們吃日本料理順便吃西餐！」恆春仔得意地說，嘴邊一圈美乃滋。

由儉入奢易、由奢入儉難，果眞如此。之後每個月初領薪水，看一場首輪電影、吃一次美觀園的快餐取代了米粉湯，成爲另一個階段自我慰勞的儀式。

西門町還在，美觀園還在，快餐的樣子也幾十年都沒變，不在的是往日的青春，以及當時那麼單純而美好的信念：只要可以繼續讀書，未來就不會沒有希望……

當然那些穿著藍夾克、卡其褲、一頭亂髮的男孩也都不在了。

他們都老了。

在熱煙與酒精中蒸騰的相濡以沫

從曾經榮耀一時的學生時代，說到落難不堪的牢獄歲月，以及各自對未來的計畫、期待，和對戀人承諾的實現……現在想想，那無一不是毫無隱藏的肺腑之言，無一不是書本之外的常識、知識，甚至是超乎自己有限經歷之外的生命故事。

天冷需要熱食，需要一點酒以及一群朋友聚集的溫暖，所以每當天冷我就忍不住想到火鍋，想到它字面上那麼直接的溫度，想到隔著蒸騰的熱煙所看見的，一群朋友笑逐顏開、酒酣耳熱的樣子，以及在那個毫無拘束的場合可能出現的種種心事和話題。

小時候，好像家家戶戶都有一個造形一致的火鍋，圓錐形，鋁製的，長著長長的脖子，底下開著爐口。這東西平日裡很少用，通常都要到除夕那天才會出現在餐桌上。

然而，它和桌下擺著的小火爐一樣，似乎是爲了呼應「圍爐」這兩個字的形式而設，比起滿桌平日裡難得一見的佳餚，它對小孩來說並沒有什麼實質的吸引力，總覺得那應該是大人的「食物」，不是我們的。

沒錯，那的確是屬於大人的。

螺肉蒜火鍋，大人的專屬口味

一整個春節休工的假期裡，餐桌上的火鍋好像一直都冒著煙，好像總有人會走進屋裡來，圍桌坐著。桌上除了太白酒或紅露酒，還有那個火鍋，之外好像也不用什麼特別的菜。

只要客人一進門，媽媽通常都先奉上熱茶，然後在廚房裡把炙熱的木炭擱進火鍋底部，上頭的凹槽添入一直放在灶頭保溫的肉湯，接著用剪刀把乾魷魚剪成長片，再開一個螺肉罐頭倒進去，最後抓起一把蒜苗切段，等火鍋裡的湯滾透了之後撤下，就可以上桌了。

火鍋一上桌，大人就開始倒酒，於是屋裡瀰漫起酒和蒜苗的氣味，隨著話題轉移，慢慢地開始聞到魷魚和螺肉久煮之後的香氣，一如他們的談話慢慢從礦區的不景氣，進入到大人們早已沉澱或隱藏的各自的青春。

說當年他們離家來到礦山的曲折經過；說當年海外出征，最後在馬來西亞的森林裡逃亡奔竄的歷程；或者一起回憶、懷念一個在災變裡過世友人的點點滴滴……

他們喝著酒，配著熱湯，時而大笑時而哀傷，有時甚至豪邁地唱起某首日本軍歌或日語的流行歌曲。

媽媽則不時進出廚房加炭、加湯，或者煎些蘿蔔糕、發糕當點心。

這樣的場景和氛圍，還有門外的細雨和濃密的霧氣，一直是我無法忘懷的「時代記憶」，或許是當時那些男人的臉孔、打扮（羊毛肚圍、寬襟西裝上衣，加上抹著味道強烈的髮蠟、左右分邊清楚的頭髮），自然流露毫不隱藏的情感，以及他們不經意說出的故事，無論對當時甚或現在的我來說，都籠罩著一層昏黃的色澤，並且已經是一頁慢慢消失或被淡忘的歷史了。

我們曾經的青春對此時的年輕人來說，或許也亦復如是了吧？

碉堡火鍋，有什麼放什麼

一九七三年初，我被分發到金門當兵，一直到七五年初回到臺灣，在那個島嶼上度過兩個冬天。

金門的冬天既冷且乾，然而終年潮溼的坑道和碉堡，卻也在這樣的季節裡，才脫離那種無所不在的水氣，像阿兵哥說的：「終於像個人住的地方了！」

那時候兩岸還在相互炮擊，單打雙不打，每逢單號晚點名的時間是六點半，點完名就是自己的時間了，只要隔天早點名起得來，基本上沒人管你幾點上床或夜裡幹些什麼事。尤其是我們這群不住坑道，而是住在太武山上一個個隱藏在花崗石縫中獨立碉堡的業務士來說，單號的夜晚就一如休假，是當時完全沒有返臺休假福利的我們勉強的補償。

寒風刺骨的季節，漫長的夜晚，火鍋與酒與「卡虎卵」（天南地北瞎說瞎談）誠然是最佳良伴。

碉堡裡唯一的廚具，是燒開水用的老式煤油爐（圓桶狀，最底層裝煤油，上層垂下數目不等的油芯，點火之後以調整油芯長短的方式控制火勢），臉盆就是當然的鍋子。

碉堡火鍋毫無章法可言，最簡單的煮法是清水一臉盆，倒入一兩罐番茄鯖魚當湯底，然後丟入依人數而定的速食麵（那時候的速食麵種類不多，就只有生力麵、寶島米粉等寥寥可數的幾種選擇），最後加上晚餐留下來的某些剩菜，如此而已。

迄今難忘的一次豪華火鍋，是在送別某位老兵退伍的前夕，有人託採買買回來一大堆金門冬天盛產的一種螃蟹（臺語叫「市仔」，江浙館子用來做「搶蟹」的那種），也有人出錢買了軍用的豬肉罐頭。

當晚，我們就把豬肉罐頭倒入清水裡當湯底，然後下麵，順便把那一堆螃蟹給扔進去，看著牠們在臉盆裡慢慢變紅的同時，碉堡裡便瀰漫著濃郁的肉味和螃蟹的香氣。此時，忽然有人想起某個小兵種在附近的茼蒿可以摘了，於是沒多久之後，一大堆連洗都沒洗的茼蒿也已經混在那盆「雜炊」裡。

豬肉、螃蟹、速食麵的料理包加上現摘的茼蒿，那個晚上吃得眾人如癡如醉，最後好像連跟老兵道別的話都沒空說，因爲所有人的嘴幾乎都忙著啃食、吸啜那堆螃蟹的各個部位。

那種時候，火鍋內容是什麼其實一點也不重要，一大群來自臺灣各地、學經歷不一的年輕人在乎的，彷彿是這種有緣相逢並且可以相濡以沫的機遇和情感。

火鍋犒賞下的驚人標語

在等待火力不大的煤油爐把食物煮熟的過程，或者烏梅酒、五加皮（金門高粱對阿兵哥來說價格高，那是準備以後帶回臺灣的禮物，不是平時喝得起的東西）逐漸上臉的當下，所有人幾乎都沒有祕密，也沒有不能說的話題。

從各種不同行業的簡介、養成的過程，說到戀愛的歷程、千奇百怪的性經驗，從曾經榮耀一時的學生時代，說到落難不堪的牢獄歲月，以及各自對未來的計畫、期待，和對戀人承諾的實現……現在想想，那無一不是毫無隱藏的肺腑之言，無一不是書本之外的常識、知識，甚至是超乎自己有限經歷之外的生命故事。

一直記得那樣的冬天裡，一個小小的插曲。

有一天，一位平常很少跟我們打交道的政戰士，忽然主動準備了火鍋料，到我們習慣聚集的碉堡來，說司令部指示要在營區附近一個大石頭寫上可以激勵士氣的標語，但是他提了好幾個都被打槍，這頓火鍋的目的，就是希望我們幾個「比較有想法的人」能幫他想出一個好交差。

火鍋吃了，酒也喝了，但所有人的腦袋也鈍了，直到最後，我們公認最有才氣的大專兵阿益才勉強想出一個，說是幾年前他在一本書上看來的，是二次大戰一位德國士兵日記裡頭的一句話，然後他就帶著醉意，歪歪斜斜地寫了下來拿給政戰士。

沒想到，司令部還眞的選上了，於是我們又撈到另一頓火鍋的犒賞。

一個月後，長寬超過二十公尺的大標語完工了，也驗收了，可是每當人家讚美阿益，說他竟然能想出這麼超凡脫俗的標語時，他都避之唯恐不及地搖手快閃。

直到有一天，當我認眞地讀著那句大家幾乎每天都看得見的標語時，才發現阿益始終不敢居功的原因——那天他眞的醉了，他把其中兩個詞寫反了。

四十年了，我都還記得那句用斗大的字體寫在石壁上的標語：「同胞們！在敵人的刺刀刺進**你們**的胸膛之前，**我們**都是安全的！」

你應該看出是哪裡錯了吧？不過，也不重要了，那個標語即使後來沒改，四十年後的現在應該也早已斑駁難認了吧？

至於敵人……是誰？又在哪？

阿丁特別爲我留的，人間極品

他從老家休假回來的那天，熄燈號過後總會到我的寢室外敲窗，然後遞給我一包東西，內容經常是我從未嘗試過的食物，比如烤熟的飛鼠肉、山羌肉，有一回甚至還帶給我一包「烤鱸鰻」，味道極鮮美，幾天後遇到他，他才跟我說那是「極品」，半條百步蛇。

阿丁當兵的時候和我同在通信營，但不同單位，他是支援連的班長，而我在營部當行政士。

那時候我們駐防在金門，營部連和支援連隔了一個山谷，平常沒什麼接觸，不過他的大名倒是在認識他之前就已如雷貫耳了。阿丁是職業軍人，通信士官學校畢業的，當時的軍階是上士，在部隊已經五、六年了。之所以是通信營的「名人」，據說和他在部隊移防金門之前的師對抗演習中一次驚人的壯舉有關。

以寡擊衆，反攻大陸？

故事是這樣的，演習的某一天，當阿丁帶領的班兵正在架線的時候，忽然和一整個營的「敵軍」狹路相逢，對方看阿丁他們只有一個班，便圍過來喝令他們投降。阿丁眼看撤退已經來不及，且爲了工作方便，所有人隨身的槍枝都集中綁在架線車上，危急之下，阿丁竟然下令班兵拿著手上挖線溝的圓鍬衝向「敵軍」！

當對方看到幾個兩眼發紅、殺氣騰騰的傢伙揮舞著圓鍬不要命地衝過來時，竟然完全嚇到，倉皇撤退，還好演習的裁判官剛好在對方的車上，馬上衝下來猛吹哨子，好不容易才制止了阿丁及班兵的攻勢。

裁判官先把他們罵了一頓，說大家都好幾天睡不好、吃不好，火氣都很大，他們這樣搞會出人命的！然後要阿丁他們放下武器投降，因爲「你們輸了！」

阿丁說：「爲什麼？跑掉的是他們，贏的是我們欸！」

「你贏個屁！」裁判官說：「他們多少人，你們多少人？你們的槍還都綁在車子上，你們拿什麼贏？」

「我們當然贏，不怕死所以以寡擊眾！」阿丁說。

「你以寡擊眾個屁！你們這是以卵擊石！」

據說，阿丁最後的回答讓裁判官當場啞口無言，擺擺手要他們離開，演習結束之後，營長還發了獎金給阿丁那一班加菜。

阿丁是這麼回答的，他說：「報告長官，如果沒有以寡擊眾這回事，那……請問我們怎麼反攻大陸？」

敲窗快遞「極品」，半條百步蛇

後來跟阿丁認識了，是支援連的行政士帶他來跟我借錢。

那個年代在金門當兵，只有職業軍人才能定期回臺休假，阿丁要回家，錢不夠。「他哥哥的三個小孩剛好要註冊，數字有點大，我這邊的公款能挪的不多，所以……」支援連的行政士說。

阿丁的哥哥在東部山上開運木材的卡車，兩、三年前連人帶車墜落山谷。

「他的小孩很難得，都很會念書，」阿丁說：「我這個叔叔……要負責任。」

於是之後只要是註冊期，阿丁就會來周轉，然後逐月從他的薪餉扣還。

也許是想表達謝意吧，之後只要他們班上夜裡煮什麼好吃的，就會搖電話到營部要我「出任務」，冬天我嫌冷、嫌遠不去，他乾脆就自己送過來，上頭還體貼地用軍毯或外套包著保暖。

部隊回臺灣後，我吃他的更多，尤其是他從老家休假回來的那天，熄燈號過後總會到我的寢室外敲窗，然後遞給我一包東西，內容經常是我從未嘗試過的食物，比如烤熟的飛鼠肉、山羌肉，有一回甚至還帶給我一包「烤鱸鰻」，味道極鮮美，幾天後遇到他，他才跟我說那是「極品」，半條百步蛇。

當時我們的駐地在苗栗，營區裡密植著尤加利，夏天一到蟬聲擾人。有一天夜裡，我發現阿丁帶著班兵拿著臉盆，鬼鬼祟祟不知道搞什麼名堂，他要我別出聲，「嘴巴等著吃就好！」

然後看到他們把臉盆放在樹下，裡頭放上報紙點著了火，接著拚命搖樹、踢樹，結果就像天降冰雹一般，無數黑色的蟬紛紛朝火光處墜落，也才不過一陣子而已，他們已經撿滿了好幾臉盆。

那個晚上，支援連的安全士官們據說都非常忙，因爲阿丁要他們把那些蟬的翅膀和腳都剪乾淨，清晨送伙房，油炸過之後拌上蔥花和胡椒鹽，當然沒忘了給我送來一大盤。

我拿去營部餐廳和大家共享，最初所有人望著眼前那盤油光閃亮的黑色生物都有點怯場，幾個來自臺北的大專兵甚至還故作嘔吐狀，沒想到營長上桌之後竟然面帶微笑說：「誰搞來的？這好東西哪！這壯陽！」

或許是聽到最後那三個字的關係吧，所有人竟然就毫不猶豫地把筷子伸向那盤東西，然後開懷大嚼起來。

滋味到底好不好，看後果就知道。從那天晚上開始，點火捕蟬成了各連的必要任務，結果那年好像夏天都還沒過完，整個營區幾乎都已經聽不見蟬的鳴叫。

年底我退伍，阿丁欠的錢還沒還齊，我用私人的錢補足公款，移交給接任的行政士，他知道之後很內疚，要我給他地址，說未來一定會還給我。

然而，再見到他卻已經是十幾年後的事了。

最後一次吃他爲我準備的東西

那時我在電影公司上班，有一部電影要找山區外景，我是編劇所以跟著去。跑了兩三天，導演才找到他期待的山區小學校。那天是假日，空蕩蕩的校園裡只有值班的老師在，年輕、靦腆，但有著一張似曾相識的臉。

那天很冷，山區雨霧瀰漫，我們投宿在十幾公里外一家旅館，夜裡九點多，那個老師忽然來找我，說他叔叔想請我喝酒，不知道我願不願意，如果願意，叔叔要他載我去，他說：「我叔叔叫阿丁，他跟我說過你。」

一路上，年輕的老師說叔叔退伍後日子過得很不順，退伍金拿去跟人家合夥做生意，結果被騙光光，後來上遠洋漁船，也結過婚，但太太沒留住，人變得很消極，所以白天他還不確定叔叔是否願意見故人。

「那他現在靠什麼過生活？」

「都在山上忙，做什麼不清楚，」老師說：「見面時……最好也不要問。」

摩托車在山路上顛簸了好久才到一間簡陋的工寮，一進去就是一屋子菸酒味，好幾個看起來都已經七、八分醉的人抬頭看著我，阿丁是哪個我完全認不得，直到一個長髮披肩的傢伙過來抱著我，嘴裡喃喃地叫著我的名字，我才確定眼前的這個人的確是阿丁。

他要大家敬我酒，說我是他當兵時候的好朋友，借他錢，他卻一直沒還，可是也嘲笑我，說他拿飛鼠、山羌的肉乾送給我，我明明不敢吃都送給別人嘗，卻騙他說好吃好吃！

一群人大笑，笑得我很尷尬。

後來阿丁拿來一小碗東西要我吃，說：「特別爲你留的，這個你絕對沒吃過！」碗裡是一團墨綠色的東西泡在米酒裡，我問也沒問，仰頭一喝，囫圇吞下，因爲我怕問了說不定就不敢入口，讓阿丁和那些人有再一次嘲笑我的理由。

那是我和阿丁最後一次見面，也是最後一次吃他特別爲我準備的東西。

後來他們都醉了，阿丁也是，一直重複地說：「我欠你的錢沒還……我都記得，眞的記得……你相不相信？」

旁邊原本已經睡著的人也許嫌他煩，說：「你現在又沒錢，你好囉唆！不然下次挑幾塊紅豆杉送去臺北讓他賣！」

年輕老師載我下山，夜色深濃，我們一路無語，直到看到遠處出現稀疏的燈光時，他才問我說：「你知道叔叔給你吃的東西是什麼嗎？」

「不知道。」

「是飛鼠的腸子，對原住民來說……是人間極品。」他說：「可見叔叔真的沒把你忘記。」

那是將近三十年前的事了，幾年後接過老師寄到電影公司的一封信，說他叔叔過世了，肝癌，說生前跟他講最多的都是當兵的事，「好像那是他人生最燦爛的一段時光！」

那個人和那些菜：老曾

一個小時之後，我不得不承認自己在吃的方面，
非但沒有想像力，甚至連某些基本常識都顯然欠缺，
那時候炸過的鹹白帶魚剛起鍋，整個廚房瀰漫著令人飢腸轆轆的油氣和香氣！

我工作的地方在臺北市內湖科技園區，離商業密集的內湖路說遠不遠，說近不近，因此每當同事問：「導演，你午餐想吃什麼？」的時候，對我來說都像是一次人生的大考驗，因爲除了路口那個永遠只有雞腿、排骨、魚排三種菜式的便當攤和附近某家咖啡連鎖店的簡餐之外，任何其他的選擇都得勞累他們走上一段路，而偏偏我又是那種最怕麻煩別人的人。

因此每當他們問，我的回答都是「隨便！」或者「你們吃什麼我就吃什麼！」有時甚至還自以爲幽默地說：「你說呢？」

幾次之後才知道，這樣的回答對他們來說好像是更大的負擔，因爲只要我的

答案是以上之一，他們總是會先尷尬地互看一眼，然後在門外嚴肅地討論，一如開會。

後來慢慢地他們就不問了，原來他們體貼地把過去我曾說過「這個好吃、這個不錯」的午餐列表，然後每天調換「出菜」，如果剛好有人去市區洽公，那就幸福了，因爲他們會去幾個我曾經表示喜歡的餐廳把飯菜買回來，比如仁愛路的「忠南飯店」。

挑一個喜歡的回去幹腳撐

我老覺得忠南飯店的菜式應該擱在大鋁盆、大鋁盤端上來才有架式和氣味，因爲它們總讓我想起早年當兵的歲月，和某個人、某些菜。

一九七二年的十一月我應召入伍，第一特種兵。三個月的中心訓練結束後隨即分派到金門，抵達料羅碼頭的那天是一九七三年農曆的正月初九，爲什麼特別記得這一天？因爲負責挑兵的一位士官有點幸災樂禍地跟我們這群暈船暈得七葷八素、身上都沾滿嘔吐物的傻兵說：「你們都是天公沒拜才會抽到金門來，今天天公生日，趕快用手拜一拜，等下說不定還有機會去到好單位！」

我去的單位是位在太武山上的金東師通信營營部連。

記得下車不久，少尉人事官還在交代我們幾個新兵有關戰地起居生活相關的注意事項時，一名胖嘟嘟、髒兮兮的士官就跑了過來，用臺語夾帶三字經「問候」起人事官，說他要移交業務，如果這次再不給他新兵，「老子就把你的頭割下來，拿到對岸去換二百兩黃金！」

這種完全不把「長官」放在眼裡的舉止，對我們這些新兵來說，完全是大逆不道到一個不可置信的程度，沒想到人事官也不是省油的燈，同樣三字經回敬過去，說：「我有說過不給嗎？你自己挑！挑一個喜歡的回去幹腳撐（屁股）！」

結果他挑的是我。

終於見識他的實力

他姓曾，雲林褒忠人，大專兵，不能考預官的原因據說是在校的操行成績太爛，而且還有毆打老師的前科。

如果用最簡單的幾個字來描繪這個人的話，最準確的應該是：髒、懶、貪吃、好喝、愛摸魚、髒話連篇。

而這樣的人竟然可以在部隊存活下來，而且還活得自由自在，必然也有他令人刮目相看的一面，那就是：一手好字（跟長相完全不搭）、文筆流暢、反應靈敏、口才一流、行政、交際能力超強。

我接他的通信補給業務時其實離他退伍還有四、五個月，急著想把業務移交的理由，竟然可以毫不掩飾地跟我說：「在通信營當通信補給最辛苦，一不小心，就會有永遠當不完的兵！」

說是移交業務，但其實只有移沒有交，更一點都不「教」！

他只是把各連的補給士叫來，說：「吳桑接我的業務，今後有事找他不要找我！」然後把一大堆帳冊表單丟給我，說：「你看起來挺聰明的，自己研究研究就懂！」之後就不見人影，白天去司令部各單位聊天打混，「他們的伙食比較好，而且到處有伸手牌的菸可以抽！」晚上則輪流到各碉堡喝酒、玩撲克，「抽他們的菸，喝他們的酒，順便賺點零用錢花！」

頭一次了解這個人的「實力」是有一天營長親自晚點名，全連就獨缺他一人。

營長大發雷霆，說這個兵根本不像個兵，要連長去把人給找出來，然後「綁起來！馬上給我送禁閉！」

半個小時後，他大爺出現了，後頭卻跟著司令部的參謀長，笑瞇瞇地跟營長說：「我借他幫我寫篇文章，防衛部出的題目，我寫不來，這小子幾個小時就給我寫洋洋灑灑一大篇！只是他眞臭，熏得我都快暈倒，給他幾張洗澡券吧，要他從頭到腳徹底地刷一刷！」

那天晚上，他進到我的碉堡來，除了體臭還加上酒臭，說是跟參謀長喝的。

直到今天我都還記得當晚他跟我說的話。他說他以後準備走「政治」，所以把當兵的過程當作自我訓練。他說軍隊階級分明，但每人的教育程度、社會背景都不一樣，如果在這樣的地方「學會從上到下跟所有人『拌揉』的技巧，找到一種彼此都可以滿意的利益交換的途徑和方法，那出社會就更沒有障礙，更如魚得水！」

之後再度領教他超凡的「才氣」是被他陷害，跟他一起當採買。

「理論與實踐」的實際示範

當年的軍隊伙食差，我們營部連編制小，副食費相對少，菜不好買。偏偏營部長官多，意見更多，所以當採買是苦差事，被叫去營部罰站是常有的事。

有一天營長大概發現他實在混太兇，就要他當採買，還酸溜溜地說：「你不是經常到司令部混飯吃？也讓我們見識一下那些高攀不上的長官們都吃些啥喝些啥？」

沒想到他竟然毫不推辭，用力併腿敬禮，中氣十足地大聲說：「是！」然後點名要我陪同，理由是我服役的時間還長，「讓他學一學，以後就可以造福整個營部連！」

第二天清晨三點起床，採買車一到菜市場，他先慢條斯理地到處逛，一邊七雜八地跟我講了一堆「大道理」，說部隊的採買通常不用腦筋又愛汙錢貪小便宜，說：「厲害的話，以後去社會貪、去社會賺，這種小錢也要挖的人，沒格、沒志氣！」又說，軍隊的菜最重要的是要「下飯」，而且要「嚼得過癮」，所以採買的人要用腦筋，「用同樣的錢買到最多的量！」
那天，我的確領教了他「理論與實踐」的實際示範。
他等到各部隊的採買都買好菜，逐漸離開市場之後才「進場」，那時候各攤位已經開始準備收攤，剩下不多的東西剛好是我們需要的量，而某些東西則是人家挑剩的，沒賣相，所以價錢好殺好談。
我不知道他腦袋裡的菜單到底是什麼，只能像個小跟班一樣推著車，跟在後頭晃，聽他跟人家牽親引戚、插科打諢，然後推車上的菜籠子裡，慢慢塞進一大堆乍看根本不是給人吃的東西，包括一紙箱腥臭到幾乎令人作嘔的鹽醃白帶魚、好幾盤已經破破爛爛沒有形狀的豆腐、豆乾、一大袋包括豬皮、豬尾巴、豬腳、部位不明的碎肉以及肥油在內的「豬雜」、一堆宛如廢棄物的高麗菜、韭菜、畸形的胡蘿蔔以及大小不一的大頭菜……
最後才進雜貨店買了基本上較像樣的榨菜、蘿蔔乾，之後忽然又想到什麼似地說：「幹！忘了明天早餐的菜！」於是又加買半桶的人工奶油和幾斤白糖。

像飼料的食材，怎麼煮？

菜運到伙房，菜簍都還沒下完，伙房班長就先跟我們吵了一架，因爲他看到那堆外觀實在不雅的材料時便脫口說：「操！你們花錢買飼料啊？」

老曾當然不是省油的燈，頭也不抬地就應道：「對！就是要餵你們這些豬！」

這話顯然把班長給惹毛了，於是當老曾把各種菜色的搭配、調理方式講完之後，他手上的菜刀已經直接揮到我們面前了！

他老兄認爲老曾設計的這些菜式根本是故意惡整伙房。

他說：「狗雞巴是一道菜，韭菜也是一道菜，吃下肚子還不是狗雞巴和韭菜？你他媽偏偏要我們把狗雞巴切絲炒韭菜，可以做兩道菜的時間只搞一道菜，你這不是整人嗎？」

班長會這麼毛躁，主要是聽到老曾說要他們把高麗菜、大頭菜和胡蘿蔔都切成絲後混在一起炒，說這樣不但顏色好看而且口感十足，可是班長卻不這麼認爲，他習慣炒高麗菜就是炒高麗菜、炒大頭菜就是炒大頭菜，「還切絲之後一起炒？

你知道切絲多麻煩嗎？我就不信切絲、切塊吃下肚子有什麼不同！」

誰知道老曾偏偏火上加油，說：「照你這麼說，吃魚、吃肉、吃飯、吃菜最後出來的既然都是大便，那你幹嘛不乾脆吃大便就好？」

話還沒說完，只見班長菜刀一扔（可見雖然動怒但還不失理智）便撲向老曾，不過一場拳腳激鬥才剛開始，我們都還來不及阻擋的那一剎那，就聽見營長的聲音說：「你們師徒兩人今天給我們什麼好吃的？」

伙房外糾纏在一起的兩隻鬥雞馬上分開，和我們一起併腿敬禮，然後一臉通紅、氣喘吁吁的老曾一邊拉正帽子，一邊說：「報告營長，我們的菜單是：鹹魚燴豆腐、豆乾燒雙脆、三絲青蔬、黃豆燉豬腳……」

才聽到這裡，營長便插嘴說：「黃豆燉豬腳？你連催奶的菜都想得到啊？菜單聽起來不錯，像飯店的菜單……果然是在司令部吃過小廚房的人啊！可是你們這幾個『一味齋』，什麼菜都燒成同一個味道的大師傅們做得出來嗎？」

沒想到伙房班長好像完全忘了之前的抱怨，昂著頭大聲地說：「報告營長，我們沒問題！」

營長走了。

班長看著老曾，不過不是臭臉，反而是一種忍不住想笑的表情說：「豆乾燒雙脆、三絲青蔬……我脅！也只有你們這些大專兵才想得出這種瞎糊弄的菜名！」

其實不只伙房班長，連我這個採買之一，也是這個時刻才知道老曾葫蘆裡賣的是什麼藥。

三絲青蔬我懂，就是三種蔬菜都切成絲炒到一塊兒嘛，可是豆乾燒雙脆……這又是啥東西？

當我把「豆乾燒雙脆」這幾個字寫到「今日菜單」，然後準備貼到營部公布欄之前，還是有點忐忑地跑去問老曾，說：「你確定我們買了『雙脆』的材料？」

那時候，老曾正幫著伙食兵把那堆又腥又臭的鹹白帶魚剁成小塊，他理所當然地瞪著我說：「廢話，當然買了！就豆乾煮榨菜和蘿蔔乾啊！豆乾切成小塊先油炸過，然後和同樣切成小塊的榨菜和蘿蔔乾加辣椒煮在一起，起鍋前撒上蔥珠啊！」

老曾說：「榨菜、蘿蔔乾嚼起來不是脆脆的嗎？拜託，你也發揮一下想像力好不好？」

吃到眼眶溼潤的幸福美好

一個小時之後，我不得不承認自己在吃的方面，非但沒有想像力，甚至連某些基本常識都顯然欠缺，那時候炸過的鹹白帶魚剛起鍋，整個廚房瀰漫著令人飢腸轆轆的油氣和香氣！

當我和老曾各抓了幾塊，坐在伙房外的陽光下配著饅頭吃起來的時候……天啊！白帶魚的鹹、酥、香，配上饅頭軟中帶韌的口感，對我來說簡直是人間極品，吃著吃著竟然有一種令人眼眶溼潤、幸福美好的快感！

最後，我搓揉著塞了三、四個饅頭的肚子，懶洋洋地問老曾說：「你怎麼知道

那麼臭的鹹魚炸過後會這麼香？這麼好吃？」

他似乎也在舒坦之至的半睡狀態，含含糊糊地說：「因爲家裡窮過啊！窮人知道什麼東西便宜又好吃……至於有錢人呢，知道的不一樣，有錢的人知道的是，眞正好吃的東西……貴的道理在哪裡！」

當年這麼一句沒頭沒腦的話我始終記得，但要眞正理解卻是多年後的事了。

記得那天中午的主菜就是「鹹魚燴豆腐」和「豆乾燒雙脆」，午飯才吃到一半，營長的勤務兵來通知，要採買和伙房班長馬上到營部餐廳。

班長一聽用力地把菸蒂彈得老遠，冷笑地說：「你們罰站去嘍！老子陪葬去嘍！」

他猜錯了。

進了營部餐廳，發現所有軍官都還圍著餐桌坐，桌上的菜沒吃完。

「沒飯了，連部也沒了！」營長說。

「報告營長……」伙房班長緊張了，因爲飯不夠是他的事，跟採買一點關係也沒有：「我們煮的量……跟平常都一樣……」

「我沒怪你這個，是今天的菜下飯！你們都用心了！」營長說：「這道什麼

『豆乾燒雙脆』雖然有詐欺的嫌疑，但……我甘心被騙！這誰出的主意？」

「班長建議的菜色，菜名是我瞎掰的。」老曾先正經地回答，可是接著卻嘻皮笑臉地說：「據我所知，陣前欺騙長官是唯一死刑，要槍斃的話，報告營長，請槍斃我！」

「我才不想浪費子彈！」營長忍住笑，說：「解散，滾你媽的蛋！」

老曾給了班長人情，班長當然也回報善意。那天下午，當伙食兵都犧牲午睡，費神處理那堆豬腳、豬皮上的毛而怨聲四起的時候，班長罵人了，說：「囉唆個什麼勁兒？這豬是母的ㄟ！讓你們免費玩娘們的毛，你們還不高興！」

晚餐的主菜「黃豆燉豬腳」（正確的說法應該是燉「豬雜」）和配菜之一的「三絲青蔬」好像也贏得滿堂彩，因爲前者有湯汁可拌飯，後者則讓大家嚼得過癮，完全符合老曾先前所料，所以當天的伙食滿意度，我們拿到前所未有的高分。

雖然第二天早餐的饅頭夾人工奶油和砂糖讓許多老兵嫌棄，但年輕的義務役卻讚美有加，都認爲那是軍中伙食的一大突破。

現在想想也的確如此，畢竟是四十年前的那個時代，西式早餐即便在臺灣都還不時興，更何況是金門，而且是在保守之至的部隊當中？

眞的「走政治」了

和這樣一個人相處的時間並不長，但在短暫的接觸過程裡卻看到他的某種特質：仗理大膽、認眞、務實、創意、突破，而且個性江湖。這樣的人在這樣的地方其實還眞的挺適合走「政治」的，一如老曾對自己的期待。

一九七三年的夏天他退伍離開金門之後，我就從未再見過他，不過偶然想起他的時候，總相信這樣的一個人應該會從某個地方慢慢冒出頭才對，奇怪的是，怎麼都不見蹤影？

幾年前，在香港機場有個人主動過來跟我打招呼，說他是雲林褒忠人，問我記不記得曾××這個人？說之前好幾次聽他提到我。

我說：「當然記得！他現在在幹嘛？是不是在『走政治』？」

「是，曾經走過。」那個人說：「可惜在鄉民代表的任內過世了，心臟病。」

「過世的時候幾歲？」

「不確定……很年輕。」那個人說：「很可惜，他很優秀，很衝。」是很可惜，因爲我很想知道，這樣的一個人如果今天還在，到底會爲他所在的地方的人們設計出什麼樣的菜式？

甜

第四部

尋味人生
眞情誼

加冬仔給，記憶裡的古早味

買了「給」，阿公通常會到菜園裡拔一兩棵青蒜，切碎之後放進碗裡頭，然後舀一杓「給」進去和，那時熱熱的番薯飯也剛上桌……

天啊，你絕對無法想像鹹「給」、青蒜香和甜甜的番薯飯三者有多搭、有多合！好像不用其他的菜，番薯飯就可以一碗接一碗吃到不知飽。

失去嗅覺之後，飲食的樂趣彷彿也跟著少了，「吃」的動機和目的好像只爲了「飽」，只爲了有足夠的能量，可供應身體的基本需求而已。

不過嘴巴偶爾還是會饞，對某些重口味的食物有一種奇怪的貪求和渴望，比如很鹹、很油、很辣的菜，好像唯有透過味覺的高度刺激，才能彌補嗅覺上已然的缺憾。

但你也知道，這種貪求和渴望在已經過度講求飲食健康的臺灣，其實很不容易滿足，更何況是在一個由資深護士主導三餐的家裡。

兩年前去了一趟四川，在重慶到成都的高速公路上與負責接待的人說起這件事，他笑逐顏開地說：「那你眞來對地方了！」他說成都的菜肯定能徹底滿足我的渴望。

果然，當晚餐桌上包括小菜在內，密密麻麻的十幾道菜好像就只有兩種顏色：紅與黑。

紅的是辣椒，黑的是醬油或醬料。更誇張的是，有些菜根本就泡在一整鍋的熱油中，上面且浮著一層厚厚的辣椒和花椒，你非得撥開那些配料才撈得到裡頭的內容物。但菜名卻又偏偏非常清淡，叫：「水」煮牛肉或「水」煮魚。

好吃嗎？過癮極了！既油且辣又麻，而且夠鹹，完全滿足嘴巴長期以來的欲求。至於健康……再說吧！其實光想到一道菜費那麼一大鍋油，心裡就難免疑惑：這些油到底是「一次性」用了就丟，還是回鍋又回鍋？

席上的人全沒來過臺灣，因此難免問起「臺灣菜」的特色。

看似小問題，其實是大哉問，不過由於場地不對，不適合長篇大論，所以我只好長話短說，就拿眼前的菜當例子，比較起來臺灣菜的特色是：「取材容易就好，烹調簡單就好，適合下飯就好。」所以上桌的菜通常魚就是魚、肉就是肉，不用問、不用猜，一看即明白。湯湯水水多，白切白斬的也不少，所以無論顏色和口味都顯得比較平和清淡，不像川菜這麼剛猛濃烈。

我還舉了個例子，說二十年前大陸作家阿成來臺灣住了一陣子，他對臺灣菜的抱怨就是太淡了，說：「菜不鹹不香！」

從「吃飯配菜」到「吃菜配飯」

夜裡躺在床上，回想方才那樣的說詞，忽然覺得好像有些矛盾，臺灣菜的特色之一既然是「適合下飯就好」，哪有可能不鹹？

其實，臺灣菜通常是鹹的，只是當我們日常三餐的基調從以前「吃飯配菜」，慢慢轉變成「吃菜配飯」，甚至「只吃菜不吃飯」的現在，烹調方式也在我們不知不覺中隨著被改變。許多早年飯桌上必備的「下飯菜」也同時逐漸淡出，最後……甚至被遺忘。

年輕時，心裡老是有個疑問，爲什麼許多流傳久遠的臺灣小菜的共同點，都是蛋白質配上不同的鹹東西，比如：鹹菜鴨、菜脯蛋、蔭豉蚵、瓜仔雞、瓜仔肉……

後來想想也就懂了，其實這些全是下飯的菜。

民國三、四十年，甚至五十年代初期出生的中老年人應該都還記得，一年到頭除了過年、過節之外，鹹菜、蘿蔔乾、蔭豉或醃瓜，這些以現在的觀點來看幾乎完全不符合健康、養生標準的菜餚，始終是餐桌上必然主角的情景吧？

想想那樣的日子裡，好不容易有了一點雞鴨魚蛋肉，當然不可能那麼奢侈地直接吃，於是就兌上了那些鹹東西一起煮。一顆蛋煎一煎只夠一個人吃，如果兌上一堆切碎的蘿蔔乾，就能讓三、四個小孩配上許多碗飯。

這些菜雖然鹹，但總有難得的油腥，有油腥滋味好，這樣的滋味一旦成爲許多人共同記憶中的美好，至少在這一代人零落殆盡之前，這些菜總還會被流傳，不會被遺忘。

但，真的是這樣嗎？

其實，這些菜的某些部分還是被我們遺忘了，我們忘掉的是它們當初的「鹹度」。當初一口這樣的菜，我們可能已經扒進半碗飯；而現在，四道菜吃下肚，多數的我們可能連一碗飯都還扒不完！

鹹菜、蘿蔔乾、蔭豉和醃瓜雖然早已從餐桌上退場，但它們至少都還存在。然而，有些下飯菜卻隨著歲月、環境和生活方式的改變，已經完全失去蹤跡。比如：「加冬仔給（gie）」。

這名詞完全是音譯，寫得有點心虛，或許有專家學者可以不吝賜教、指正。

「給」（gie）應該是一種以鹽鹵生醃某些海中可食用的小生物的特殊製作和保存方式，比如蚵仔給、珠螺給，以及上頭所提到的加冬仔給。

蚵仔、珠螺多數人應該都知道是什麼，「加冬仔」知道的人或許就不多。「加冬仔」是一種小魚，約莫拇指指甲一般大小，魚身呈銀灰色，但帶著隱約的紅，所以有人說它可能是「紅目鰱」的幼魚，撈起之後直接泡進鹹到幾乎發苦的鹽鹵裡。

每年秋末冬初的時候，總有小販挑著兩個陶甕進村子來賣，它是阿公的最愛。陶甕一打開聞到的第一個味道就是「鹹」，接著才是微微的腥氣。但說也奇怪，當這兩種氣味凝結在一起之後，直接被挑起的欲望竟然是——好想吃飯！

買了「給」，阿公通常會到菜園裡拔一兩棵青蒜，切碎之後放進碗裡頭，然後舀一杓「給」進去和，那時熱熱的番薯飯也剛上桌……天啊，你絕對無法想像鹹「給」、青蒜香和甜甜的番薯飯三者有多搭、有多合！好像不用其他的菜，番薯飯就可以一碗接一碗吃到不知飽。

不過，也不知道從什麼時候開始，「加冬仔給」的小販不來了，這道菜似乎也漸漸地被遺忘了。

一九七九年前後，阿公即將老去之前幾乎沒什麼胃口，他惦念著兩種食物，一種是「鹹鰱魚」，另一種就是「加冬仔給」。

鹹鰱魚其實是鹹鮭魚，是日本時代窮人的下飯菜，當時在百貨公司進口食品的部門還可以買得到，然而「加冬仔給」可就不好找。

有一天，我跟著電影製作小組到北濱公路十八王公附近勘景，赫然發現路邊小販用酒瓶裝著在賣的東西，竟然就是久違的它！

欣喜又感動地買了之後，直接殺回瑞芳家，剁了蒜苗和上去，然後鋪在熱熱的白飯上，扶起阿公問他說：「阿公，你知道這是啥？」

記得阿公微微地笑了，伸出早已無力的手，想要接碗、接筷子。那一餐他幾乎吃下整整一碗的飯。

飯後躺下休息時，我聽見他帶著笑意喃喃地唸道：「番薯飯、加冬仔給、蒜仔尾……」

他這樣唸著，一如唸著昔日情人的名字。

阿公過世後，只要路過北濱公路總還是會帶個幾瓶回來，為的當然是自己。有青蒜的季節和青蒜，沒青蒜的季節就和蔥花，那種氣味、鹹味，以及小魚在嘴裡那種軟中帶韌的口感，總是令人難忘，令人眷戀！

只是到了一個年紀之後，這些超鹹的食物慢慢地就被禁絕了，甚至連鹿港名產的蝦猴也包括在內。

沒想到的是，有一天北濱公路的小攤上也失去「加冬仔給」的蹤影了。

小販的說法是，抓不到那些東西了，而且也沒有人知道了。即使知道的……

有誰還會去吃它啊？

也是吧。只是這些話聽起來總有些許蒼涼。

昔日記憶深刻的食物如今不復可尋的另一面，不正明白地告訴你：「你已老去，時不我與？」

更難免會想到的是，晚年……到了一如阿公那樣的時候，我懷念的將會是什麼樣的食物？還有，兒孫是否還能找得到，能給自己帶來最後一次的滿足？

我家的「私房菜」：炒蘿蔔皮與豬油渣

油渣的吃法有很多種，最奢侈的是熬過油剛起鍋馬上趁熱蘸醬油，那種滋味……天啊，燙而酥脆，唇齒之間油脂滿溢，久缺油水的身體瞬間即有「大旱逢甘霖」的滿足、舒爽，白飯保證一碗接一碗。

前幾年食用油風波席捲臺灣時，無論打開電視或翻開報紙，都會看到相關新聞。忽然想到父親如果活到現在，看到這樣的新聞時，可以想像他的表情肯定是把視線從報紙移開，然後轉頭用鄙夷的眼神看著我們，說：「看到了吧，你們這些讀書人！」

父親是資深的鄉野總鋪師，也是豬油的擁護者。

早在幾十年前，當沙拉油以健康的理由逐漸說服眾人，慢慢取代豬油成爲臺灣家庭食用油主角的過程中，父親就曾經多次表示他的不屑與不滿。

他一直覺得沙拉油比較健康的說法是「那些從來沒煮過菜的讀書人隨便說說

的宣傳」，就像當年他對「一個孩子不算少，兩個孩子恰恰好」這個政府宣傳的看法一樣。

他說：「這些讀書人會吃不會算！兩個人只生一個，以後死兩個剩一個，臺灣人早晚會絕種！兩個人只生兩個，萬一年輕的先走，最後的結果也一樣，臺灣會沒有人！」

沒豬油，炒菜哪會香？

讀書人想用「沙拉油比豬油健康」的理由來說服一個資深的總鋪師挺難的。因爲他一直覺得沙拉油是「外國人的油」，不適合我們習慣的烹調方式，而且「豬油自己買自己炸，好壞看得見，外面那些油到底用什麼豆子擠出來的，誰看得見？」

沒想到這樣的「鄉野論壇」在多年之後，竟意外地成了「先見之明」。

其實父親爲了證明豬油比較適合我們的烹調方式，曾經以他多年的廚師經驗做過一個「實驗」給許多人看。

他把同量的沙拉油和豬油分別倒入兩個鍋子裡，蓋上鍋蓋然後加熱，當兩種油都開始沸騰之後，只見沙拉油那邊開始冒出濃煙，而豬油這邊的確穩定許多。

不過，最駭人的結果是在關火掀開鍋蓋的剎那！

只見沙拉油的鍋蓋裡沾著一層淺黃色的凝結物，就像我們在清理抽油煙機時所看到的那種黏不拉嘰的東西，而豬油的鍋蓋裡卻只是一抹即去的水蒸氣。

實驗是挺成功的，但好像也沒能說服誰，最後豬油不但從總鋪棚裡消失不見，甚至在自家廚房也失去蹤影，而父親最後彷彿也不再提這件事，唯有偶爾在媽媽炒菜的時候在旁邊喃喃一聲：「沒豬油，炒菜哪會香？」

但是，不用豬油之後最大的缺憾，是飯桌上和便當盒裡從此就少了一道令人眷念的好菜。

唇齒間油脂滿溢的滿足

當總鋪師的父親從不揩人家的油，即便家裡寒酸到三餐只有蘿蔔乾和蒸豆豉，他也不曾從總鋪棚裡偷渡一點東西回來給孩子們加菜，如果硬要說有的話，那就是豬油渣和蘿蔔皮。

早年辦桌，大鍋一架上去第一件事便是炸豬油，因爲無論煎炒煮炸都少不了它。

豬油的種類很多，因爲部位的不同名稱也不一樣，大油、二陵油、網紗油什麼的，但最好吃的油渣應該是從豬背那一層油脂炸出來的。

大油熬過之後的油渣幾乎只剩纖維，嚼起來太韌也太軟，而背部的油即便熬過之後，油渣中仍鎖住比較多的油脂，而且外酥內Q，有時候某些部分甚至還帶著沒完全取乾淨的瘦肉，口感和滋味更是瞬間加分。

油渣的吃法有很多種，最奢侈的是熬過油剛起鍋馬上趁熱蘸醬油，那種滋味……天啊，燙而酥脆，唇齒之間油脂滿溢，久缺油水的身體瞬間即有「大旱逢甘霖」的滿足、舒爽，白飯保證一碗接一碗。

比較低調一點的吃法是把油渣剁碎了炒菜，或者和在烏豆豉裡隔水蒸，蒸好的豆豉上浮著淺淺的一層油，貪心的孩子會很技巧的用湯匙撈起那一層油拌飯，但後果通常是一陣臭罵，甚至被趕離餐桌，因爲對大人來說，那就是自私、就是取巧，這種行爲要不得。

我家慣常的吃法則是油渣加上少量的豆豉下去炒，然後淋上一點水把裡頭的油脂給悶出來，起鍋前灑上蔥花和一點辣椒。

這道菜既下飯又止饞（對油脂的渴望），所以它始終是我們公認最佳的便當菜。

如果有這道菜，媽媽做便當時就會把它平鋪在白飯上，中午便當一蒸，熱度會把油渣裡的油給溶解出來，滲入底下的白飯。於是只要便當蓋一打開，鼻息間便瀰漫著豆豉引人食慾的鹹香，白飯扒入口，既熱且油，狼吞虎嚥吃完之後，總還覺得，今天的飯，媽媽裝得是否不太夠？

一生懸命養我子民的蘿蔔

父親從總鋪棚帶回豬油渣總是用碗公裝，而蘿蔔皮就用大鋁盆盛。沿路常有鄰居索取豬油渣，所以有時候回到家只剩一個空碗。

至於蘿蔔皮，有興趣的顯然不多，因爲那個年代家家戶戶蘿蔔乾都吃到怕，誰還要蘿蔔皮？

現在回想起來，在那個貧窮的年代裡，番薯和蘿蔔眞是一生懸命養我子民。番薯我們從番薯葉開始吃，一直吃到出土的番薯，而蘿蔔也不遑多讓。

蘿蔔撒種發芽之後先讓它長，之後選出粗壯一點的苗來分株種，而其他多餘的苗便可以當菜吃，叫做「蘿蔔秧」，可以現炒也可以醃成鹹菜。

蘿蔔成熟後吃法千百種，但上頭的蘿蔔葉，節儉的人依然捨不得丟，一樣醃成鹹菜繼續吃，至於蘿蔔皮，吃的人可就不多。

辦桌的場合蘿蔔使用量大，去掉的皮沒人要，父親帶回家，但處理的人卻是媽媽。

蘿蔔皮洗乾淨之後撒上鹽醃，但只要鹹味滲進去就好，千萬別醃太久，因爲醃久了就不脆，也會失去它那天然的香氣和嗆辣味。

媽媽是這樣做的：醃過的蘿蔔皮先洗去鹽分後瀝乾，然後剁成大約半公分平方的小碎片。

起油鍋，放進預先已經用水發過的蝦米和辣椒末爆香，然後把蘿蔔皮放進去一起拌炒，記得，炒的時間也不要太久，因爲炒太久同樣會失去它的脆度和嗆辣的原味，起鍋前可以加進一點切碎的蔥白提味。

看似「廢物利用」的一道菜，卻是絕佳的佐餐良伴，因爲它既香且脆，而且還保有蘿蔔那種濃烈的原味。

這兩道菜即便到了現在，我還是難以忘懷。

炒蘿蔔皮經常做，買蘿蔔削下的皮總還是捨不得丟，醃一醃，下一餐就可以炒來吃。

有一回覺得現在也沒以前窮，何妨「獻富」一下？於是加了一點絞肉進去炒，沒想到滋味不但沒有變更好，肉末甚至成了口感上的小干擾。

至於豬油渣炒豆豉做的機會比較少，因爲「副產品」的豬油在家裡挺受排斥，沒人吃也是困擾。

記得有一次心血來潮想做來吃，於是去市場買豬背那塊大肥肉，沒想到年齡跟我約莫相近的老闆一眼望穿地跟我說：「導演，你想吃豬油渣對不對？我知道啦，我們一樣窮人出身的嘛！」

那時候才知道，原來對某種食物的特殊記憶所顯示的另一層意義叫：階級。難怪爸媽還在的時候，這兩道菜都是「私房菜」，意思是只能自家吃，客人來，出這兩道菜是失禮。

有一次朋友聽我說起這兩道菜，都想試試看，於是做了兩大盤，他們邊吃邊叫好，吃到飯不夠還得去外頭買。

客人走後，我們卻對著那些已經被脫皮的蘿蔔和一大盆豬油發愁。剎那間忽然想到，這彷彿也是一個「時代進化」的小證據吧？吃蘿蔔不吃蘿蔔只吃皮，炸豬油只要油渣不要油。

飽了肚子暖了心，難忘的在地溫暖

那天回程車子開得似乎特別慢，或許車內所有人都超重了，因為除了肚子裡還沒消化的粽子、鳳梨酥之外，每個人的懷裡都還抱著一個便當、一包滷麵，以及一腦袋難忘的臺南人的熱情和「傲慢」。

「哪天見個面，一起吃個飯吧！」

每聽到這樣的話總令人不知如何應答。見面一定要吃飯嗎？這是疑問。另外，經驗告訴我，這話通常應酬意味多，真正的心意少。

兒子還小的時候，有一回帶他上街偶然遇到一個早年的熟人，他行色匆匆，沒寒暄幾句就急著要走，臨走說：「耶，哪天見面吃個飯再好好聊聊吧！啊？」兒子望著他的背影，有點疑惑地問：「你知道他住哪裡嗎？」我說不知道。「那你有他的電話嗎？」我說沒有。他說：「那你們怎麼約吃飯？」

這種隨口的「空氣飯」總讓人覺得虛假，相反的，某些單純地以食物表達感情的誠意卻特別令人難忘。

直抵心頭的溫暖

幾年前，紙風車文教基金會推動「三一九鄉鎮兒童藝術工程」，我是基金會的董事之一，因此得和其他董事輪流到各地去介紹並感謝該場演出的主要捐助者，也因爲這樣，所以有幸在不同的地方、不同的食物中，感受到那種眞摯而濃烈的情誼。

記得有一次演出是在新竹的新埔，當地接連幾天連綿大雨，演出當天雖然雨停了，但場地狀況很糟，觀眾席的地面一片泥濘，排好的椅子幾乎都陷在爛泥裡。現場行政丟給我一個難題，她覺得這樣的場地對小朋友來說很不方便，天黑之後更可能會有潛在的危險，要我決定是否取消演出。

宣布取消容易，但對陸續聚集的小朋友來說，會不會是失望的打擊？因爲小時候我們也都有過類似的經驗，記得那種遺憾。

才在猶豫不決中，忽然看到兩輛卡車開入現場，後頭跟著一大堆年齡不一的壯漢，他們從卡車上卸下來一卷一卷的帆布，有效率地先把兩千張已經排好的椅子移開，接著把帆布逐一鋪在泥地上，再把兩千張椅子重新排好，一個小時不到，整個場地就變得完全不一樣，清爽又平坦。

問那些帆布的來源，他們說是附近商家支援的。那之後的清洗不就是一件大工程？他們說：「你們都願意來演戲給孩子看了，這種小事我們應該承擔！」

戲才散場，大人們再度聚集，把所有帆布收拾起來，抬回卡車上，不只帆布沾滿泥漿，那些人也幾乎都成了泥人。就在這個時候，另一輛小貨車開了過來，後頭跟著的是一群婦人，而這回車上卸下的是熱氣騰騰的幾個大鋁桶，當下四處瀰漫著食物的香味。大鋁桶裡裝的是桂竹筍滷五花肉、福菜排骨湯和炒麵，一湯一菜一主食，簡單實在。

後來天空又飄起細雨，風有點大，吃著吃著忽然發現那群男人和婦人都站到外圍去，把演員和工作人員包在中間，說：「我們習慣這裡的風，擋著，你們比較不冷！」

至今依然記得那麼好吃的消夜，以及當晚那股直抵心頭的溫暖。

臺南人對食物的「傲慢」

吃得最撐的一次則是在臺南的關廟。

有個朋友曾經這樣描述過臺南人，說：「無論他們來自哪個鄉鎮，只要一講起臺南的食物都同樣『傲慢』。」

傲慢源自於自信和自豪。

記得演出當天，後臺率先出現的是數量驚人的鳳梨酥，而且要我們當下就吃，因爲是剛出爐的，「吃過這個，其他地方的鳳梨酥就不用吃了！」他們說。

土鳳梨做的餡也許不獨特，但做得像燒餅一般的外殼的確是關廟才有。

五點多排練才剛結束，幾個大紙箱推進後臺休息室，「辛苦了，吃點心！」送來的人說：「沒吃這個就不算來過臺南！」紙箱裡是熱騰騰的肉粽和菜粽。

吃吧！雖然鳳梨酥都還沒消化完，但那種香味和滋味實在教人難忍，何況送來的人正盯著你看，且不停地跟你說：「怎樣?這種粽子才叫粽子吧?」

六點多晚餐的便當送到，幾乎沒有人動手去拿。

哪知道戲才開演不久，後臺的空地進來了一輛貨車，卸下來的是炊具和一大堆食材。

「煮滷麵給你們當消夜！」他們說：「臺南滷麵是必備的待客料理，何況來關廟哪能不吃關廟的麵？」

謝幕後所有人楞在後臺，眼前是兩大鍋冒著熱煙、材料豐富的滷汁，桌子上擺的則是堆得像山一般高的麵。

「每個人都給我吃！」現場行政大喊：「沒吃完的都給我打包！」

那天回程車子開得似乎特別慢，或許車內所有人都超重了，因爲除了肚子裡還沒消化的粽子、鳳梨酥之外，每個人的懷裡都還抱著一個便當、一包滷麵，以及一腦袋難忘的臺南人的熱情和「傲慢」。

令人驚叫的特色大餐

而直到今天依然覺得歉疚、不安的一次經驗，則發生在屏東一處偏遠的鄉鎮。

或許偏遠，所以那場演出對他們來說，彷彿就像年度盛事，鄉長等地方大老幾乎全員到齊。

演出之前，鄉長就已經預告要請所有人吃消夜，並且說爲了當晚的消夜，那家餐廳用了兩三天的時間準備食材，而且特地延遲打烊的時間。餐廳離演出場地不遠，謝幕之後大隊人馬徒步前進，遠遠地就看到那個醒目的招牌燈，上頭寫的是：「男人的加油站，女人的美容院」。

前菜很平常，各種滷味切盤，接著上來的則是一大鍋飄著濃烈中藥味道的湯。鄉長站起來隆重地宣布，說這一道是地方名菜，「你們可能聽過，但我保證你們絕對沒吃過！吃完之後我保證男的勇猛、女的美麗！這道菜叫『水雞、鱔魚、鱉』！」

顧名思義，那是一鍋把田雞、鱔魚和鱉燉在一起的菜，只是當鍋蓋掀起的剎那，忽然傳來幾聲驚叫，可以聽得出那絕非讚嘆，而是有節制的驚慌甚至恐懼。

坐在主桌的我們也不例外，也許女生比較敏感吧，鍋蓋一開，行政經理就驚叫起來！我們最先看到的是浮在鍋子裡的田雞，那些田雞都沒剝皮，布滿黑白斑紋的腿和腳趾，以一種類似溺水的人掙扎求生或求援的姿態伸出湯面。

鄉長顯然誤會那聲音所顯現的「眞意」，說：「讚哦！妳內行！」然後給每人舀上一大碗。

還好接著上桌的炒飯適時解除尷尬，眾人紛紛把湯擱置一旁，吃起炒飯。鄉長扒了幾口後，才忽然想起什麼似地站了起來，很鄭重地說這盤炒飯非常不同，老闆準備了兩三天的食材就是爲了它，說這盤炒飯有一個特別的名字，叫「老鼠愛大米」！

鄉長的聲音一落，老闆隨即捧著一塊粉紅色的肉逐桌展示，一邊說那是「特別的老鼠，不是家鼠，是山上只吃番薯、蔬菜和甘蔗根的田鼠！是吃素的！」

老闆才一說完，全場一片安靜，所有人幾乎都停下動作，整個場面當下陷入一陣令人不知所措的沉默。基金會執行長畢竟是老江湖，當下起立，要大家舉杯跟鄉長，以及「辛苦爲我們準備這麼特別的消夜的老闆」致謝！

最後啤酒成了救贖，眾人四處遊走彼此乾杯，場面無比熱絡，行政經理趁機大喊：「桌上的東西不准剩，吃不完的各自打包帶回臺北！」

最後鄉長和餐廳老闆在門口逐一和我們握手道別，力道十足、笑容滿面，但直到今天我依然忐忑的是，那個晚上鄉長是否早已看透我們的不安和虛僞，只是心裡藏著不說罷了？

那一年，我去了馬紹爾

我看到她眼眶裡都是淚水，但卻笑著，用責備的語氣說：

「要吃！要悲傷也要有力氣！」

我不知道她的年紀，但那當下我心裡把她當大姊，很聽話地把那盤甜點吃光。

總有一些地方在離開的當下已經告訴自己，這是難得的機緣，下一次，可能就是下輩子。

去過幾個國家都曾有這種既深刻又惆悵的感覺，比如：馬紹爾、馬拉威、甘比亞、吉里巴斯。這些國家你可能連聽都沒有聽說過，或者在你還搞不清它們確切的位置、國名都還唸不輪轉的時候，就已經跟我們斷交了。

或許正是因爲唯有一次，所以要不是有一些人的臉孔、食物和特殊的記憶當佐證，否則時間一久，曾經的經歷都恍如夢境，虛幻一場。

說說馬紹爾的經歷吧。

到馬紹爾大約是十幾年前的事，去拍國合會幾個系列廣告和紀錄片，同行的「嬌客」是讓工作人員從聽到企畫案開始就一直處於盼望和亢奮狀態的林志玲。

沒想到的是，出發前兩天家裡出了大事，長期患有重度憂鬱症的妹妹意外過世。但因爲飛往馬紹爾的航班不多，加上林小姐的工作檔期更動不易，所以即便自己的狀態再怎麼慌亂、憂傷，行程也還是不變。

悲傷也要有力氣

馬紹爾到底長什麼樣？根據國合會之前給我們的資料顯示：這個位於南太平洋的熱帶島嶼國家總面積大約一八一平方公里，人口七萬，大部分集中於首都所在的馬祖諾這個大島上。

負責開車載我們的，是在那裡工作多年的農耕隊員，熱情、風趣，才離開機場不久，他就把車子停在一座小小的拱橋上，指著前方毫無阻隔的一大片海中之地說：「這就是馬紹爾！小朋友地理考試如果遇到難題，只要像我這樣站著，四周一望，就都有答案！而你此刻所在的地方非常重要，因爲你就站在這個國家最高的地方，一如我們的玉山，它的海拔高度約三公尺半！」

車子沿著唯一的一條主幹道開，他一路跟人家打招呼，開頭的用語都是：「Hi! I love you!」相處不到半小時，他已經和所有工作人員打成一片，而他的名字當然就是 Mr. I love you。

農耕隊的隊部爲我們準備午餐，一整桌不同烹調方式的豬肉、雞肉和各色蔬菜。恰好從臺灣來眘探的隊長太太要我們盡量吃，說：「不要客氣，都是自己種、自己養的！」好像很久沒聽過這樣的說法，忽然覺得感動，像在遙遠的國度裡意外地與闊別多年的親戚、長輩相逢一般。

或許心情一直不開，所以儘管滿桌好菜還是食不下嚥，禮貌性地勉強吃了幾口之後就獨自走到外頭抽菸。沒多久，忽然聽到背後有紗門開關的聲音，回頭一看，是隊長和他太太，一個端著一盤子的甜點，另一個端著咖啡。

隊長說：「裡頭的人都看到你沒怎麼吃……」隊長太太說：「吃點甜的比較快樂。我們都看到新聞，知道你家裡的事……」

我看到她眼眶裡都是淚水，但卻笑著，用責備的語氣說：「要吃！要悲傷也要有力氣！」

我不知道她的年紀，但那當下我心裡把她當大姊，很聽話地把那盤甜點吃光。

椰子蟹膏豪邁鋪在白飯上

之後的工作很順暢，志玲是很棒的工作夥伴，敬業、沒有身段，和所有人打成一片。工作人員知道我心裡有負擔，所以許多資料性的畫面他們都自己去完成，說要我「專心平靜下來，否則就專心悲傷個夠」。

最後一個晚上，當地的臺灣人說，知道我們之後都要工作不便打擾，所以無論如何也要和我們吃個飯、聚一聚，說：「就算讓我們解解鄉愁吧，而且莊腳所在，粗飯粗菜，吃個感情而已，千萬不要客氣！」

馬紹爾的財政收入大部分來自美國以及其他國家的挹注，另一部分則來自經濟海域捕魚的權利金。臺灣在當地有捕魚的船隊基地，以及船務代理和海產的貿易商。當天的聚會就是在一位貿易商的辦公室裡「聯合舉辦」。

就像農耕隊的隊長太太說「不要客氣，都是自己養、自己種的」一樣，他們一直強調所有東西都是「就地取材，有什麼吃什麼」，要我們多擔待。

第一道「開胃菜」說是特別爲我準備的，是一隻在臺灣已經被列爲保護級的「椰子蟹」。

椰子蟹多年前我在蘭嶼看過，是一個警察朋友細心豢養多年的「寵物」，而當晚端上桌的那一隻，體型差不多有牠三倍大。

他們熟練地把蟹身分別拆解，前段是螯和細緻扎實的肉，而尾段滿滿的幾乎全是蟹膏。

有人拿來一碗熱騰騰的白飯，把蟹膏厚厚地澆在白飯上，然後淋上一點醋和醬油，說這樣吃最原味也最開胃。

至今我都還無法找到適切的形容詞來描繪那碗白飯的滋味。其實，白飯在那當下唯一的作用彷彿只是「解膩」，因爲上頭那一層蟹膏嘗起來和大閘蟹的蟹膏沒兩樣，只是

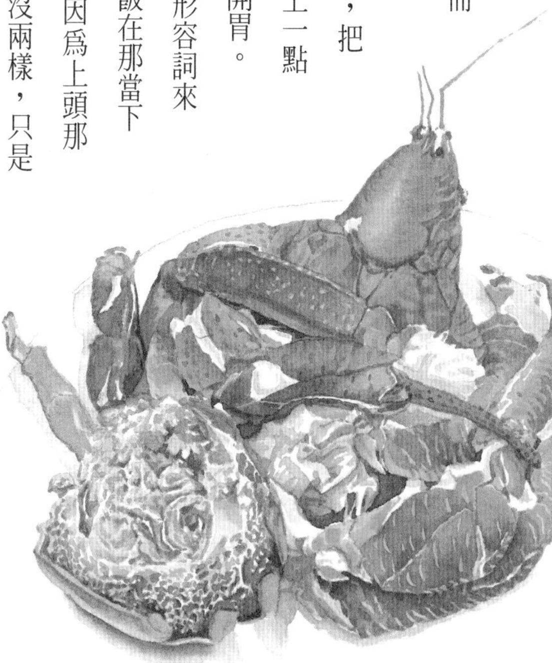

分量幾乎是它的四、五倍，如果沒有白飯「稀釋」，這麼大口吃肯定會「畏」。

一口舊鋁鍋裝著滿滿魚翅

「開胃菜」吃完，接著應該是主菜逐一上場吧？然而從廚房端出來的卻怎麼是一大盤的西瓜？等盤子上了桌，仔細一看才知道那不是西瓜，是刀法非常粗獷、豪邁的生魚片，而且整盤都是鮪魚的中腹和大腹肉。

「就地取材！就地取材！每天都要運到日本去，今天我們留下一點自己吃，不是買的，千萬別客氣！」他們說，非常眞誠地謙虛著。

再來是一大盤切塊的花蟹，個頭一隻比一隻大，但比起旁邊那盤彷彿吃不完的鮪魚生魚片，以及之後上來的那鍋湯，似乎顯得平常且遜色。

那鍋湯「抬」出來的時候「賣相」似乎不怎麼樣，因爲是裝在一口看起來舊舊的鋁鍋裡，上頭浮著一些紅色的枸杞，乍看之下像煮得非常濃稠的雞湯。

「煮這個有點花時間，所以我們平常都懶得弄，」他們說：「但因爲是本地特產，所以煮給大家吃吃看，氣味不一定好，但，心意絕對眞誠！」有人拿起大杓子往鍋裡一攪動，我們這才發現裡頭竟是密密麻麻的魚翅！

魚翅大小不一，部位或許也不相同吧，所以每一口都有不同的嚼勁和口感，除此之外，老實說，包括我在內的所有工作人員大概也都是「烏龜吃大麥」，吃不出其中的精采，共同的感覺倒是有，每個人都說吃完之後嘴唇好像都黏起來了，嘴巴張不開。

那個晚餐的「豪華程度」可能是我和所有工作人員這輩子空前絕後的一次了，但告別的時候他們還是一直強調「粗飯粗菜，手藝又歹，相逢有緣，情分是眞！」也許過程裡大家都喝了點酒，而且也都知道此後相見不易，所以多少都有點激動、有點不捨。在暗暗的屋子外，只記得有人很用力地擁抱我，說：「導演，都經歷這麼多了，你一定要堅強！」

回到旅館後，有人來敲門，是 Mr. I love you，說有人請他當代表，給我送東西來，原本是晚餐的時候要給我，但當時氣氛不錯，看我吃得也開心，所以覺得不好當時給。他說：「他們知道你可能會拒絕，但要我無論如何一定請你收下，是小小的心意，也是難得的緣分。」

「他們是誰？」我問。

「啊就這幾天你見過的所有臺灣人。」他說：「明天見啦，我會送你們去機場，**I love you!**」

他們給我的是一份奠儀，沒有署名，只寫著「朋友一同」，裡頭是三百美元。

一如開頭說的，是那些人的臉孔、那些人說過的話、那些飯菜以及那些情分，讓我記得我的確曾經去過一個國家叫作馬紹爾，至於那一趟我到底拍了什麼……老實說，我早已忘光光。

業餘廚師在吉里巴斯

那個午後，我獨自在廚房裡慢慢地想著各種可能搭配的菜色，然後慢慢地處理食材，計算著時間，慢慢地完成一道一道的菜，而在那樣的過程裡，不知道是忘了還是怎樣，腳竟然不痛了，燒也緩緩地退了。

吉里巴斯（kiribati）這幾個字，乍聽之下很像是某種商品或餐廳的名字，至少幾個朋友初次聽到這個名詞時的反應都一樣，都說：「義大利餐廳啊？還是哪一國的衣服鞋子？」

其實吉里巴斯是個國家，位於南太平洋國際換日線和赤道的交叉點附近，是全世界每天迎接第一道曙光的地方。面積約八百平方公里，人口十一萬左右。

那年要去之前，特地上CIA網站粗略地了解一下這個名字唸起來有點拗口的邦交國，沒想到在「環境和生態」的欄目中竟然看到一個警告，說它的珊瑚礁海灣有「高度汙染」現象。當時不但不以爲意，甚至還有點懷疑，因爲實在無法想像羅列在廣闊太平洋中的島國的海水會有汙染的可能，何況這個國家的工業建設幾乎趨近於零啊！

沒料到，之後自己眞的成了這個「汙染」的受害者，且在那兒扮演了一次業餘廚師的角色。

臺灣農家漢子的氣味

去吉里巴斯的路程漫長、曲折。從桃園飛澳洲的布里斯班後換乘小飛機「逐島飛行」，經過包括索羅門、諾魯、土瓦魯等幾個南太平洋的國家之後的最後一站才是它。

臺灣在當地有大使館以及農耕隊，而我們攝影小組的暫時住處就在農耕隊的隊部。

隊部的主建築是一排兩層樓的房子，在中國和吉里巴斯還有邦交關係的時期，據說是中國一個特殊軍事單位的房舍，所以庭院裡還留著一個巨大無比的碟形天線，而我房間天花板的角落也還有被截斷的粗大電纜懸在那兒。

單調的水泥建築、一群寂寞的男人、離家千里的海中孤島……那個隊部讓我想起金門當兵的歲月。

吉里巴斯所有民生用品和食物幾乎都仰賴進口，因此新鮮蔬菜價格高昂，而當地土壤的成分又幾乎都是珊瑚砂，鹽分過高栽種困難，所以農耕隊在那裡的首要任務就是研究出土壤改良的方法，以及適合的菜種。

後來他們想出的策略是鼓勵養豬，然後利用豬的排泄物和椰子葉，以及當地其他植物製造堆肥，這樣一來，蔬菜的栽培就有基本養分。

我們去的時候，這種雙管齊下的策略已經有初步的成果，養豬戶的豬舍都乾乾淨淨，每泡屎尿都被珍惜地「收藏」，有心種菜的人因爲知道栽種不易，所以特別小心照顧，因此每個小菜園裡的菜都長得有模有樣。

在幾個國家所遇到的臺灣農耕隊好像都長得差不多，粗壯、黝黑，除了少數替代役的年輕人之外，大都在國外度過漫長的歲月，但卻都還保留著濃烈的臺灣農家漢子的氣味。

我們每天就跟著他們四處走，看他們如何以簡單易懂的「通俗」方式，把專業知識移轉給當地人。

一直記得一位把英文當臺語講的隊員在介紹韭菜給一些婦人時的語言方式：喂喂，listen to me 啦！，this is 韭菜，哦，韭菜 is a very very good thing! Your husband will like it very much, and then you will like your husband very much too! Why? Do you know why? Let me tell you 啦，because 啊，韭菜 can make your husband very strong on bed! If I lie I will die!（騙你我會死！）If you don't believe, you can try……

只記得臺下的婦人各個笑得東倒西歪，花枝亂顫，之後的學習過程當然效果倍增。

這群男子漢可以在那樣的地方養出壯碩的豬、種出各種蔬菜，但自己餐桌上的食物簡直乏善可陳！因為白天大家都忙，三餐便由一位當地的婦人負責，無論烹調方式和顏色都讓人毫無食慾，可是他們卻還是這樣一餐吃過一餐，甚至還怪自己實在沒時間和心情教，即便教了她也不一定記得！

連ＣＩＡ都有紀錄的「黃金海岸」

由於當地天氣溼熱，而且每天幾乎都得踩過海水，所以我和攝影小組每個人的腳上都是一雙夾腳拖，過了幾天，發現我的腳趾縫竟然磨出血來，但當下也不以爲意。有天我們的工作是搭乘小艇到另一個小島送菜種，小艇準備加速之前，隊長要坐在船頭的我把頭盡量低下，說這裡是有名的「黃金海岸」，一不小心就會被隨浪花打上來的「黃金」濺得一身都是。

也許看我一臉狐疑吧，隊長指著海面四處漂浮的東西要我看。那是一節一節長得像海參的「生物」，只是顏色、胖瘦不同，有的上面甚至還拖著長長的附生海藻，形狀詭異。

那一刹那我就懂了！黃金？人體排泄物！

吉里巴斯普遍沒有廁所，幾個世代以來，他們上大號的方式就是趁漲潮的時候走進海中，只冒出頭和身子，然後悄悄地把體內的廢物還給大自然。

然而，幾年前建了連接幾個小島的簡易橋梁，或許是橋下的涵洞口徑太小，影響海流的移動，排泄物從此就在海灣裡徘徊打轉，不離不棄，CIA網站裡所說的「汙染」就是這麼回事。

或許之後幾天就都在那個海灣泡著海水拍攝吧，某天，當初腳趾流血的地方忽然開始發炎，不但又腫又痛，到了晚上竟然有發冷發燒的現象。

幸運的是，當時馬偕醫院的醫療團正好在當地義診，於是第二天早上拍完一組鏡頭後我馬上去找他們，沒想到醫生看完竟然比我還緊張，說那是蜂窩性組織炎的症狀，而手邊唯一找得到的藥是為數不多的高劑量口服抗生素，他們全部拿給我，要我馬上吃，之後每隔六小時都得吃一次，並且要我先休息，盡量不要走動，更不能再泡到海水。

業餘廚師拖著腳傷做家鄉菜

回到農耕隊隊部已經接近中午，吃了藥之後也許是心理因素吧，覺得傷口的疼痛好像稍稍緩解，整個人也舒服了一些，恰好看到負責煮飯的婦人正在庭院處理一些當地人送給農耕隊的小石斑，於是便走過去幫忙，一邊問她通常都怎麼煮？她說用油炸。我說，能不能讓我試試另一種煮法？她笑瞇瞇地說，當然。

於是，我把處理好的十幾條魚都擦乾了，擺在一個長方形的不鏽鋼盤上，把鍋子的水燒開，橫上兩支筷子，隔著水把魚擺上去蒸。然後去院子的菜圃拔了幾棵蔥切成絲，倒了半碗醬油兌上一點熱水和糖拌勻，七、八分鐘後魚起鍋，倒掉盤子裡的汁液，放上蔥絲，淋上醬油，然後熱了一些油，把油往蔥絲上頭澆，一道清蒸小石斑於是完成。

巧的是，魚才端上桌，隊員們剛好全都回到隊部，大夥兒趁熱吃。我的傷口正在發炎，不好吃魚腥，所以不知道味道究竟如何，但從他們的表情、筷子集中的方向，以及完食的速度，我知道他們相當滿意。還說，沒想到導演有這種手藝！

沒跟他們說我的腳出了問題，只說下午攝影組自己去工作，我不出去，如果他們不介意，晚餐就由我來煮。沒想到他們忽然紛紛從櫥櫃和大冰箱的冷藏庫裡，翻出各自存放的，從臺灣寄來的各種乾貨：香菇、米粉、真空包的鴨賞、冬粉、香腸等等。

那個午後，我獨自在廚房裡慢慢地想著各種可能搭配的菜色，然後慢慢地處理食材，計算著時間，慢慢地完成一道一道的菜，包括炒米粉、拼盤、魚丸冬粉湯、回鍋肉等等……而在那樣的過程裡，不知道是忘了還是怎樣，腳竟然不痛了，燒也緩緩地退了。

多年之後的現在，我同樣忘了在吉里巴斯到底拍了哪些畫面、哪些內容。記得的，反而是那些沒拍的部分：隊部廚房窗外夕陽的顏色、晚餐時那些人驚喜的表情和桌上菜餚混合的氣味，以及之後慢慢湧現的沉默及一種莫名的傷感……一種明日之後何時、何處得以再同吃一頓飯的疑惑和哀愁。

比親戚還親的朋友

如果說曾經幫他們做過什麼事、幫過什麼忙的話，老實說，也只有這一樁，但一、二十年來，每隔一陣子總會接到來自澎湖易家的電話，內容永遠是：「導演，你們明天有沒有人在家？我給你們寄了××、××和×××，我跟你說哦，那個××要先吃、那個××要怎麼煮……」

緣分眞是奇妙，想想要是那個黃昏不在跨海大橋下車，而且在上頭耽擱二十多分鐘的話，或許就不會遇上易家夫婦，也就不會有這段將近二十年的情誼了吧？忘了那次去澎湖拍攝的主題到底是什麼，總之在結束工作之後，九人巴開上跨海大橋往旅館的方向走，車子開到橋中央，發現有人就在橋邊直接把釣線垂放到橋下釣魚。

那一陣子正迷船釣，喜歡釣魚的人都知道，不但自己愛釣，也喜歡看別人釣。離晚飯的時間還早，於是我要司機停車，與工作人員下來看人家釣魚，車子則先開到橋頭等候。

和釣魚人閒聊一陣後，我們徒步往橋頭走，就在橋頭的廣場上，我們看到兩名警察正和一對老夫妻爭吵。

仙人掌冰原來是紅色的

警察一直要把老夫妻的手推車推走，於是有了拉扯。我們一走過去，警察或許看到我們的攝影機和上頭電視臺的標誌，有點不高興地說：「我們是在執行勤務哦，你們不要亂拍我跟你說！」

夫妻倆則搶著跟我們說話，但是兩個人都戴著口罩，而且情緒有點激動，所以話都聽不清，反而是和警察一來一往對吵的過程中，我們才稍微了解狀況。

原來，夫妻倆幾十年來都在這地方擺攤子，後來橋頭的遊客中心蓋好後，必須在裡頭買攤位才能合法做生意，夫妻倆說他們付不起，所以才會偶爾到這裡多多少少賣點東西。

我好奇地問他們賣的是什麼？他們說是「仙人掌冰」。

「仙人掌可以做冰？好不好吃？」

「好吃！只有澎湖才有，純天然的！」他們說。

「好，那給我們一人一個。」然後我轉頭跟警察說：「我有沒有榮幸也請你們吃？」

警察說不用了，他們常常吃，「他們好像是澎湖做這種冰的創始人！」

這話一說，原先冰冷對峙的氣氛似乎消散不少。

他們把冰桶打開，裡頭是紅得很明亮但顏色深淺並不均勻的冰沙。工作人員的反應跟我一樣，他們說：「聽到仙人掌冰我以爲是綠色的！」

「這是用仙人掌的果實做的啦，」警察說：「果實是紅色的。」

警民關係開始活絡起來了。

冰眞的好吃，酸酸的很清爽，甜度也合適，有一種說不出來的美好滋味。

吃完一個之後，所有人都好像意猶未盡，繼續吃第二個，警察發動摩托車走了。我們邊吃邊幫老夫妻把手推車推回他們附近的住處。

緣分於是開始了。

回到家，夫妻倆解開口罩和手套，才發現他們的身上好像都有早年某種疾病所造成的小缺陷，似乎有故事，但不好問。

先生姓易，所以他們的攤子上寫的名稱就叫「易家仙人掌冰」。夫妻倆說早年生活很辛苦，唯一收入就是到海邊撿些小東西，比如珠螺之類的，醃醬油裝瓶賣給觀光客。

後來他們發現澎湖到處都有的仙人掌所長出來的果實滋味很好，可以做成果汁賣，但觀光客對這種陌生的飲品好像很猶豫，於是他們就嘗試著把果肉、果汁混在一起做成冰沙賣。

易先生端出一籮筐仙人掌的果實，讓我們看看它的模樣。仙人掌的果實像小一號的蓮霧，顏色則像火龍果，上頭包覆一層既細且硬的刺，剝掉皮、剖開果實後，才發現裡頭還藏著一小粒長得像乩童用的刺球一般的東西，像暗器，不知道的人若整顆塞進嘴巴裡，後果肯定不堪設想。

當下我做了決定，第二天就拍他們。我們跟著去採仙人掌果實，看他們如何處理那些裡外都是刺的小東西，當然包括製冰的過程以及他們的故事。

那一集播出後，聽說看過的人都覺得新鮮，因爲臺灣的仙人掌不會結果實，而剛好在澎湖旅遊的人看到之後都趕過去嘗鮮，並且紛紛在網路上發表感言，幾乎都是讚美。口碑一旦傳出去，夫妻倆好像就不用違規在廣場上賣了，因爲客人都會自己找到巷子裡頭來。

有一天，易先生很興奮地打電話到家裡，說他們被選爲澎湖特產之一，要到國父紀念

館的廣場展售，說我有空的話一定要帶太太、小孩來吃吃看。

我擔心臺北人對這種「鄉土產品」可能不理解也沒興趣，要是因此生意不好的話，遠路而來的夫妻倆一定很失望，所以當天我趕過去現場，準備幫他們吆喝，甚至連吆喝的詞句都寫了稿子放在褲袋裡。

沒想到一到現場，發現客人的隊伍排得還挺長，看他們夫妻倆舀冰的手有點不方便，我乾脆邊吆喝邊幫忙舀，埋頭苦幹了一陣子之後，夫妻倆竟然跟我說：「冰都賣完了！」

「那把明天的先拿出來啊！」我說。

「你連明天的份都幫我們賣完了啊！」易先生既興奮又尷尬地說。

這樣的說法除了讓我覺得開心之外甚至還有一點虛榮，即便手掌磨出好幾個水泡，彷彿也都忘了痛。

兒子結婚一定要讓我知道

如果說曾經幫他們做過什麼事、幫過什麼忙的話，老實說，也只有這一樁，但一、二十年來，每隔一陣子總會接到來自澎湖易家的電話，內容永遠是：「導演，你們明天有沒有人在家？我給你們寄了××、××和×××，我跟你說哦，那個××要先吃、那個××要怎麼煮……」

這些××包括各種不同的當令海鮮，比如大大小小的各種魚或小管、中卷、石蟳、小章魚、紫菜、醃珠螺等。

他們寄得殷勤，我們也吃得感激又誠懇，因為我們知道每一條魚甚至每一個珠螺，都是夫妻倆用他們不太方便的手仔細處理、製作、包裝出來的。

幾年前易先生離開了。

他生病的時候一度住到臺北的三軍總院來，易太太打電話給我，說原先一直不敢讓我知道，怕麻煩我，但易先生最近拒絕吃東西，要我「去罵罵他，因為你的話他應該會聽！」

我去了，看到的是一個彷彿消了氣的老人家。問他為什麼不吃飯，他說吃不吃已經都一樣……但還是沒忘了最近幾年他習慣在電話中重複說的話，他說：「你兒子要結婚了沒？結婚的時候……一定要讓我知道哦！」

我說：「你連飯都不吃了，就算後天他要結婚，你也沒力氣來參加吧？」他看看我，只是微微地笑，沒回答。

我去澎湖送他最後一程，除了道義之外，更覺得一、二十年來他就像我某個遠方的親戚，甚至比親戚還親近。

易太太問：「那一次在醫院，他有沒有跟你說什麼話？」

我照實說了，易太太說：「很奇怪，他一直覺得你兒子一定結婚了，你沒讓他知道！」

問她爲什麼？她說：「因爲他覺得……好像很少有人看重過他。」

易太太後來還是照樣常寄東西給我，都說不花錢的，不是兒子釣的就是鄰居抓的，有次還跟我說是天氣太冷，海水溫度太低，魚死了很多，他們去「撿」來的。

上個月她又打電話來，說鄰居抓到一隻野生龍蝦，她已經幫我煮好、凍好用航空托運過來，要我去機場領。

龍蝦很大，鬚、腳完整，而且造型漂亮到讓人捨不得吃。

我打電話跟她說收到了，「可是那麼漂亮，我怎麼吃啊？」

「你不會吃哦？你把肉剝下來，切片吃啊，不然做沙拉也可以……對了，那個頭裡面可能有膏，你可以拿去熬湯，這樣知不知道？」最後她說：「啊你兒子要結婚了沒有？我跟你說，結婚的時候一定要讓我知道哦！」

你說我能不讓她知道嗎？我會，而且會讓她坐在最親近的親戚席上。

我才是不認識字的那一個

只見他把鍋子燒到極熱，下蒜頭、下蔥段、下辣椒、下高麗菜，快速翻炒幾下之後，放入鱔魚下鍋拌炒，接著放臺南料理中永遠少不了的糖，以及醬油和醋之類的調味料，之後只看到他手裡的杓子在鍋裡翻動幾下，就停在鍋邊輕輕晃動，發出叮叮噹噹的連續短音，而他則略側著頭，彷彿專心聆聽鍋子裡傳來的某種訊息……

想想這輩子最大的福氣應該就是朋友多吧？

或許自己的身材、長相都很「通俗」，就像隔壁的大伯、大叔，言語口氣更夾雜著父親的嘉義腔和母親的宜蘭調，於是南北二路的人好像都可以從我講話的「氣口」中找到類似同鄉的認同，加上工作關係幾乎跑遍全臺灣（連綠島、蘭嶼和墾丁的海底都下去過），接觸的人既多又廣，因此很多拍攝對象甚至是路邊巧遇、攤位上有緣同桌的人，最後都成了多年的朋友。

這樣的朋友既沒有生活、工作上的關聯，又不常見，十幾年來卻還不離不棄的緣故，或許唯獨單純的「眞情」兩個字。

「鱔魚廖」就是其中之一。

鱔魚廖是臺南人，爺爺那一代開始就在「沙卡里巴」賣炒鱔魚，他是第三代。認識他，純屬意外。

精確無比，臭屁有理

有一回去臺南做節目，工作人員裡面有臺南人，說很懷念沙卡里巴炒鱔魚的滋味，爲了滿足他舌尖的鄉愁，所有人就跟著走。

記得老闆的嗓門大、動作誇張，知道是臺南本地人帶我們來，竟然就毫不掩飾地說：「炒鱔魚怎樣叫好吃，只有眞正的臺南人才懂！你們臺北的吃不出來啦！」然後強調炒鱔魚最重要的是火候，他說，每炒一份鱔魚的時間都拿捏在「二十七秒，正負不超過三秒！」

面對這種自信和自負，唯一的檢驗方法就是「攝影存證」，器材既然就在身邊，於是我們乾脆架起攝影機，記錄他爲店裡十二位客人連續炒十二份鱔魚的過程，然後直接從畫面裡檢查時間。

只見他把鍋子燒到極熱，下蒜頭、下蔥段、下辣椒、下高麗菜，快速翻炒幾下之後，放入鱔魚下鍋拌炒，接著放臺南料理中永遠少不了的糖，以及醬油和醋之類的調味料，之後只看到他手裡的杓子在鍋裡翻動幾下，就停在鍋邊輕輕晃動，發出叮叮噹噹的連續短音，而他則略側著頭，彷彿專心聆聽鍋子裡傳來的某種訊息似的。忽然，就在迅雷不及掩耳的剎那間，誇張地舉鍋離火，裝盤上桌，大聲地說：「趁熱！」然後轉身洗鍋繼續炒第二盤。

記得那天吃完炒鱔魚之後，他拿出簽字筆，要我在牆上簽名並且「寫幾個字批評指教！」我猶豫了半天，記得寫的是「臺南好滋味」，但說實在寫得極其心虛，因爲炒鱔魚滋味的好壞眞的只有臺南人懂，我心裡眞正想寫的其實是「臭屁有理」這四個字，因爲剛才十二盤鱔魚炒下來，每一盤所花的平均時間果然是在二十七秒正負三秒之間，精確無比。

後來我們乾脆就跟著他從選料、採買，一直到準備、營業以及和客人的互動等等，做了一段近身記錄，成了一段節目。沒想到只是這樣的因緣，之後他卻成了我生活裡經常出現的意外訪客，以及食物的供應者。

也許隨著商業形態改變，飲食業在那邊慢慢成了冷門生意，但他依然沒有搬離沙卡里巴，理由是：「阿公開到現在的店，一搬好像就斷了根！」

之後也許爲了增加收入，他偶爾會加入「臺南美食展」之類的活動跑遍全臺灣，於是這傢伙就會不定期，毫無預警地出現在我的辦公室，手上拎著數量誇張的食物，諸如粽子、香腸之類的，我在的話就閒聊幾句，然後說聲：「不吵你了，我去拚經濟！」隨即匆匆離去；我不在的話，就在辦公室裡留下一堆食物，以及他身上蔥、蒜、酒、醋混合的氣息。

過年過節更常是說也不說一聲，就一大箱臺南名產寄過來，菜粽、虱目魚丸之類的，打電話跟他說以後甭麻煩，他的回答永遠是：「給你吃些臺南氣味啦，你們『臺北的物件未吃哩啦！』（臺北的東西不能吃啦！）」

或許是了解他的「熱情逼人」吧，所以有事去臺南反而不敢讓他知道，可卻還是經常被他逮到，或拎著一大袋食物出現在演講的地方，或帶了幾箱飲料忽然在劇場的後臺冒出來，罵說：「幹，來臺南也不說！都是人客看到店裡你的簽名跟我說的！」

有一回忍不住問他說：「你什麼東西都帶給我吃過，爲什麼就從來不帶你的炒鱔魚？」沒想到他的回答竟是：「你嘛卡有知識咧，炒鱔魚離鍋三分鐘就不能吃了不懂啊？你們這些臺北人！」

十幾年前，大妹意外過世，報紙登了。

消息見報當天，我才進辦公室就接到他的電話，說要我自己保重，「難過誰都會，但要盡快把心情放開，知道嗎？」他說他也很難過，所以「好像要到她面前，親自跟她燒個香比較安心！」我說不用了，路程這麼遙遠啊，誰知道他竟說：「我在松山機場了啦，透早的飛機，你跟我說靈堂在哪裡，我直接坐車過去！」

等我到了靈堂，才發現他不僅人來，甚至還帶來了臺南習俗裡的各式香燭、祭品，而且早已布置妥當，就等我「在妹妹面前幫忙介紹一下，說鱔魚廖來跟她致意！」

拜完之後兩個人到外頭抽菸，一句話也沒說，禮儀公司的人經過跟我打招呼，隨口問說：「請問這位是？」我還來不及回神，卻聽見他很自在地說：「我是他小的，他是我大哥！」

聞到友情的香味

幾個月前忽然接到他的電話，非常緊張地說：「聽說你沒有嗅覺喔？怎麼都沒聽你說啦？都要別人看到報導跟我說我才知道，自己的身體怎麼都不顧啊？」我說那是基因遺傳，要他別擔心，他說：「不可以啦，沒嗅覺吃東西就沒意思了啊！」然後跟我說他現在就在一家西藥房，老闆是他的好朋友，有一種外國進口的健康食品，應該可以改善，「我先幫你寄兩瓶過去，你先吃，有效的話，我會繼續寄！」

推辭無用，只好接受，並且很認眞地照著說明書吃。

然後每個星期都會接到他的電話，問說：「現在有沒有聞到什麼？」

有一天，我只好跟他說：「有啦，聞到了啦！」

「眞的喔？」他用開心之至的語氣說。

「聞到你友情的香味啦！」我說。

他愣了一下才彷彿明白什麼似地說：「幹，那不就是沒什麼效果的意思？」

原本以爲這件事就到此爲止了，誰知道，沒多久之後卻再度接到他的電話，神祕兮兮地跟我說：「我現在在臺南最厲害的一個耳鼻喉科醫生這裡，替你掛號，現在輪到你了，你跟醫生說說你的症狀，他很厲害，一定可以幫你治好！」

我聽著電話，想像著那位醫生可能的尷尬。

醫生很客氣地聽我描述症狀，問我是否做過哪些可能的檢查，然後把電話交回給鱔魚膠，沒想到他還是繼續強調：「這個醫生很厲害，病人很多，都是慕名而來的呢，他開的藥一定沒問題啦！」

後來他拿了藥，又撥電話給我，說醫生有寫一些注意事項和藥的用法及用量，他說：「你等一下，我請護士唸給你聽！」

「你自己唸一下不就好了！」我說。

「唉喔！大仔，你不知道我不太認識字喔？」他說：「不然你很多事我怎麼都要別人跟我說才知道？」

將近二十年的交往了，吃過他無數的食物、接受過他無數次真誠的關心，而我卻連他不太認識字這件事都沒察覺。

忽然覺得，我才是不認識字的那一個。

國家圖書館出版品預行編目資料

念念時光真味／吳念真 著；-- 初版 -- 臺北市：
圓神，2019.2
208 面；14.8×20.8 公分 --（圓神文叢；246）

ISBN 978-986-133-677-0（平裝）

855 107022476

Eurasian Publishing Group
圓神出版事業機構
用心與你對話・視野無限寬廣
圓神出版社
Eurasian Press

www.booklife.com.tw reader@mail.eurasian.com.tw

圓神文叢 246

念念時光真味

作　　者／吳念真
插　　畫／向敦維
發 行 人／簡志忠
出 版 者／圓神出版社有限公司
地　　址／台北市南京東路四段50號6樓之1
電　　話／（02）2579-6600・2579-8800・2570-3939
傳　　真／（02）2579-0338・2577-3220・2570-3636
總 編 輯／陳秋月
主　　編／吳靜怡
專案企畫／賴真真
責任編輯／吳靜怡
校　　對／吳靜怡・林振宏
美術編輯／劉鳳剛
行銷企畫／詹怡慧・陳禹伶
印務統籌／劉鳳剛・高榮祥
監　　印／高榮祥
排　　版／杜易蓉
經 銷 商／叩應股份有限公司
郵撥帳號／18707239
法律顧問／圓神出版事業機構法律顧問　蕭雄淋律師
印　　刷／國碩印前科技股份有限公司
2019年2月　初版
2024年8月　14刷

定價 340 元　ISBN 978-986-133-677-0
有著作權・翻印必究
◎本書如有缺頁、破損、裝訂錯誤，請寄回本公司調換
Printed in Taiwan